CB061101

Contos
de
AMOR
de
LOUCURA
e de
MortE

Contos de AMOR de LOUCURA e de MortE

Horacio Quiroga

2ª edição

TRADUÇÃO, INTRODUÇÃO E NOTAS
Renata Moreno

MARTIN CLARET

Sumário

Introdução **9**

CONTOS DE AMOR DE LOUCURA E DE MORTE

Uma estação de amor **33**

O solitário **63**

Morte de Isolda **73**

A galinha degolada **85**

Os barcos suicidas **99**

O travesseiro de plumas **107**

À deriva **115**

A insolação **123**

O arame farpado **135**

Os *mensú* **153**

Yaguaí **171**

Os pescadores de vigas **189**

O mel silvestre **201**

Nosso primeiro cigarro **211**

A meningite e sua sombra **227**

Os olhos sombrios **261**

O inferno artificial **275**

O cão raivoso **289**

Referências **301**

Sobre a tradutora **305**

"Pegue seus personagens pela mão e conduza-os firmemente até o final, sem ver outra coisa senão o caminho que traçou para eles. Não te distraias vendo tu o que eles não podem ou não lhes importa ver. Não abuse do leitor. Um conto é uma novela depurada de fragmentos. Tenha isto por uma verdade absoluta, ainda que não o seja."

Horacio Quiroga — *Decálogo do perfeito contista*

Introdução

Horacio Quiroga: vida e obra

Horacio Quiroga é considerado um dos maiores contistas latino-americanos de todos os tempos. Um escritor excêntrico e fascinante que conduziu com destreza a arte da narração e influenciou outros escritores, como Julio Cortázar e Juan Carlos Onetti.

A maioria de seus contos são ambientados no espaço selvático das fronteiras entre Argentina, Paraguai e Brasil, local onde viveu por longos anos, e *Contos de amor de loucura e de morte* é uma de suas mais importantes obras. Os relatos revelam um gênero sombrio que envolve os aspectos mais estranhos da natureza e, com frequência, são matizados de horror, doença e sofrimento.

Leitor voraz de Edgar Allan Poe e Guy de Maupassant, Horacio Quiroga uniu-se à escola modernista e deixou uma vasta obra em contos, algumas poesias, duas novelas, além de críticas literárias e para o cinema. Mestre incomparável, Quiroga idealizou sua produção literária a partir da experiência vivencial, segundo nos atesta o próprio autor:

> *Não se conhece criador algum de contos campesinos, mineiros, navegantes, vagabundos, que antes não tenham sido, com maior ou menor eficácia, campesinos, mineiros, navegantes e vagabundos profissionais.*
>
> (*Decálogo do perfeito contista*)

A marca da tragédia

Dentre todos os contos que nasceram do aguçado e sombrio imaginário do escritor uruguaio, é difícil encontrar um que seja tão trágico como sua própria vida.

Horacio Silvestre Quiroga Forteza nasceu em Salto, Uruguai, em 31 de dezembro de 1878, quarto e último filho do vice-cônsul argentino Prudencio Quiroga e da uruguaia Juana Petrona Forteza, e morreu em Buenos Aires, Argentina, país onde radicou-se, em 19 de fevereiro de 1937, ano em que completaria 58 anos.

Toda a vida do escritor é marcada por tragédias. Com apenas dois meses de vida, seu pai morre vítima de um disparo acidental de sua própria arma. Em 1879, sua família muda-se para a Argentina, permanecendo até 1893, quando voltam à cidade de Salto. Doze anos após a morte de seu pai, sua mãe casa-se novamente com Ascencio Barcos, por quem o autor nutria um afeto paternal. Em setembro de 1896, ante o terrível sofrimento causado por uma paralisia cerebral, o padrasto suicida-se com um tiro.

Muito embora a vida do escritor seja marcada pela tragédia, o jovem Horacio Quiroga teve uma infância tranquila, segundo seu próprio relato:

> Durante as longas sestas em que nossa mãe dormia, a biblioteca de casa passou depois de tomo sob os meus olhos inocentes [...] A impressão que produziam em minha terna imaginação algumas expressões e palavras lidas, reforçavam consideravelmente ao vê-las lançadas ao ar, como coisas vivas, na conversa de minha mãe com minhas irmãs mais velhas. Como a palavra 'frangipani', que designava com ela um perfume, um extrato da moda na época. Um delicioso,

profundo e perturbador sopro de frangipani era a atmosfera em que aguardavam, desesperavam-se e morriam de amor as heroínas das minhas novelas. A penumbra da sala, sobre cujo tapete e debruçado de peito, eu lia, comia pão e chorava, tudo ao mesmo tempo, estava infiltrada até por trás do piano da sutil essência.[1]

Aos quinze anos de idade, aficionado pelo ciclismo, funda a Associação de Ciclismo de Salto, e escreve seu primeiro artigo sobre o tema na imprensa local. Em 1897, viaja de bicicleta de Salto a Paysandu, uma verdadeira façanha para a época.

Mas uma nova e duradoura paixão iria invadir o espírito do jovem esportista: a literatura.

"É difícil determinar se encontrou a literatura pelas mãos de seu amigo Alberto Brignole, ou se a literatura simplesmente encontrou aos dois no lazer das tardes nas quais ambos trocavam opiniões sobre seus próprios versos e sobre a obra de um jovem poeta Leopoldo Lugones."[2]

Foi essa admiração que fez com que os amigos viajassem até Buenos Aires para conhecer pessoalmente Leopoldo Lugones.[3]

---

[1] BOULE-CHRISTAUFLOUR, ANNIE. *Horacio Quiroga cuenta su propia vida* (apuntes para una biografía). Bulletin Hispanique, 1975.
[2] QUIROGA, Horacio. *Cuentos de amor de locura y de muerte*. Edición, prólogo y notas LÓPES, Consuelo. ALVAREZ BUENO, J.A. Madrid: editorial EDAF, 2011.
[3] Poeta, escritor e jornalista, foi o máximo expoente do Modernismo argentino e uma das figuras mais influentes da literatura ibero--americana.

Deslumbrado com o Modernismo, movimento que estava transformando a literatura hispano-americana, e pautado pelo afã de singularizar-se, somado ao gosto pela extravagância, aos dezoito anos, Quiroga une-se ao grupo literário *Comunidad de los Tres Mosqueteros* e em 1899 funda *La Revista de Salto*, que teve edição semanal até 1900, com o objetivo de fixar o movimento modernista no país.

É também nessa época que sofre sua primeira desilusão amorosa. No carnaval de 1898 apaixona-se por María Ester Jurkowski, mas os pais da jovem opõem-se ao namoro, levando-a para longe de Salto e, por consequência, afastando-a de Quiroga. Foi esse episódio que mais tarde serviria de argumento para o conto "Uma estação de amor".

Já atingindo a maioridade e podendo dispor da herança deixada por seu pai, viaja para a Europa para visitar a Exposição Universal de 1900, que aconteceu em Paris entre 15 de abril e 12 de novembro. Ali, o jovem participa de uma corrida de bicicleta no estádio Parque dos Príncipes, e de reuniões literárias no Café Cyrano, onde conhece o modernista Rubén Darío.[4]

De volta ao seu país, Quiroga reúne seus amigos Federico Ferrando, Julio Jaureche, Alberto Brignole, Fernández Saldaña, Asdrúbal Delgado e José Hasda, e fundam o *Consistorio del Gay Saber*, para difundir os ideais modernistas.

---

[4] Félix Rubén García Sarmiento, conhecido como Rubén Darío (18 de janeiro de 1867 — 6 de fevereiro de 1916), poeta nicaraguense, iniciador e máximo representante do modernismo literário em língua espanhola, chamado de "O príncipe das letras castelhanas".

Mas os anos vindouros reservariam, ainda, muitas tristezas ao jovem escritor. Em 1901, a alegria da publicação de seu primeiro livro, *Os arrecifes de coral*, composto por poesias dedicadas a Leopoldo Lugones, é rapidamente interrompida pela morte de seus irmãos Pastora e Juan Prudencio, vítimas da febre tifoide, na região do Chaco argentino.

No ano seguinte, em 1902, o trágico episódio da morte de Federico Ferrando irá marcar profundamente o destino do escritor. Federico, ao ser fortemente criticado pelo jornalista montevideano Germán Papini Zás, comunicou ao amigo Horacio Quiroga seu desejo de duelar com o mesmo. Preocupado com a segurança do amigo, Quiroga oferece-se para explicar o funcionamento da arma que seria usada na disputa, quando a mesma subitamente dispara, atingindo Federico na boca e matando-o imediatamente. É detido e permanece preso por quatro dias, até comprovar-se a natureza acidental do homicídio.

Após a morte de seu melhor amigo e uma tentativa de suicídio, Quiroga muda-se para Buenos Aires em 1903, onde vai morar com sua irmã María e, graças à ajuda do cunhado, começa a dar aulas de espanhol no Colégio Britânico. Aproxima-se cada vez mais do poeta argentino Leopoldo Lugones.

Aos 25 anos de idade, chega, pela primeira vez, como fotógrafo de uma expedição oficial chefiada por Lugones às ruínas jesuíticas na região de Misiones, em plena selva argentina, local que tanto modificará sua vida. Os resultados desse estudo foram publicados em 1904 no livro *O império jesuítico*, no qual o nome de Quiroga é mencionado apenas no prólogo e, em que pese às inúmeras fotografias que o escritor deve ter registrado, apenas duas ilustram a obra.

No ano seguinte, Quiroga adquire um campo para plantar algodão perto de Resistencia, na região do Chaco, mas com o fracasso da plantação retorna a Buenos Aires. Em 1906 é nomeado professor de literatura na Escola Normal nº 8, onde conhecerá sua primeira esposa, Ana María Cirés, e neste mesmo ano, nas férias, vai a San Ignacio, em Misiones, onde adquire 185 hectares de terra com a intenção de plantar erva-mate. Continua lecionando em Buenos Aires e viaja periodicamente a San Ignacio para construir a casa onde pretende viver.

Em 1910, já casado com Ana María, abandona o magistério e passa a morar em San Ignacio, vivendo do cultivo e venda de erva-mate, suco de laranja, doce de amendoim, mel e carvão. Em 29 de janeiro de 1911, em sua própria casa, unicamente amparada pelo marido e em meio à selva de Misiones, Ana María dá à luz a primeira filha do casal, Eglé. Neste mesmo ano, Quiroga é nomeado Juiz de Paz e Oficial de Registro Civil de San Ignacio, atividades que, ao contrário das tarefas rurais, desempenhava com pouca inclinação. Em fevereiro de 1912, nasce Darío, segundo filho do casal, em um hospital em Buenos Aires.

Quiroga ocupa-se pessoalmente da educação de seus filhos, especialmente adaptada para as necessidades da vida na selva, de modo que foram autônomos. A paixão pela selva que o autor uruguaio havia adquirido o leva a colocar em perigo a vida de seus filhos em várias ocasiões. Em 1913, os conflitos conjugais e as discussões entre o escritor e Ana María se agravam e se arrastam por dois anos. Em 1915, não se adaptando à vida difícil e ao isolamento na selva de Misiones, Ana María suicida-se ingerindo um tipo de veneno conhecido como "sublimado corrosivo" (cloreto de mercúrio), uma das mais tóxicas formas do elemento mercúrio.

De Ana María Cirés de Quiroga tudo desapareceu, até mesmo seu rosto nas fotos que, segundo consta, o escritor destruiu após sua morte. Até mesmo a data de seu falecimento é controversa. Os pesquisadores José María Delgado e Alberto Brignole, em *Vida e Obra de Horacio Quiroga* (1939), foram os primeiros a relatar sua morte, as reais causas e a data: 14 de dezembro de 1915. Porém, este dado, citado por sucessivos biógrafos, não corresponde à sua certidão de óbito original, que é de 10 de fevereiro de 1915. Restou apenas a deteriorada lápide que cobre a sepultura, no Cemitério Municipal de San Ignacio, identificada somente com seu nome, sem nenhuma data. Os últimos dias de Ana María foram tema da novela "Passado amor", publicada em 1929, mas que não foi um sucesso de vendagem para o escritor.

Em 1916, Quiroga retorna a Buenos Aires com seus filhos e, por influência de amigos, é nomeado contador do Consulado Geral do Uruguai. Baltazar Brum,[5] amigo de Quiroga, chega à presidência do Uruguai em 1919 e nessa época o escritor vai com frequência a Montevidéu, levando consigo outros escritores, dentre eles a poetisa Alfonsina Storni,[6] com quem mantém um romance.

---

[5] Advogado, diplomata e político, foi o 23º presidente do Uruguai pelo Partido Colorado, de 1919 a 1923. Voltou a ocupar um cargo no governo em 1931, quando integrou o Conselho Nacional de Administração, durante a presidência de Juan Campisteguy Oxcoby.

[6] Alfonsina Storni nasceu na Suíça em 29 de maio de 1892 e faleceu em Mar Del Plata, Argentina, em 25 de outubro de 1938. É considerada uma das vozes femininas mais potentes da poesia em língua espanhola das primeiras décadas do século XX.

Alfonsina e Quiroga se conheceram na casa do pintor Emilio Centurión,[7] de onde surgiria, posteriormente, o grupo Anaconda. Não se sabe ao certo qual o tempo da relação entre ambos, porém em suas cartas do período de 1919 a 1922 Quiroga faz sucessivas menções à poetisa.

Em 1926, após voltar das férias em Misiones, Quiroga aluga uma casa de campo em Vicente López, província de Buenos Aires, e aí conhece sua segunda esposa, a jovem María Elena Bravo, amiga de sua filha Eglé.

Contrariando a todos, María Elena e o escritor se casam em 16 de julho de 1927, ela com menos de vinte anos de idade e ele próximo aos cinquenta... No ano seguinte, nasce a única filha do casal, María Helena, a Pitoca. Em seu livro *La vida brava: Los amores de Horacio Quiroga*, da escritora Helena Corbellini, María Helena é retratada como uma mulher apaixonada, transgressora e belíssima.

Desde 1927, com os amigos no Uruguai afastados do poder, as atividades consulares do escritor passam a sofrer forte controle. Mantendo o cargo diplomático, Quiroga volta para a selva em Misiones, em 1932, levando consigo esposa e filha. María Elena, assim como Ana María, não se adapta à vida na selva e as brigas começam. Em 1933, Gabriel Terra[8] fecha o parlamento no Uruguai

---

[7] Foi pintor, discípulo do italiano Gino Moretti e um dos artistas mais representativos de seu meio.

[8] Advogado e político, foi o 26º presidente do Uruguai, no período de 1931 a 1935. Desde o início de seu mandato opôs-se à Constituição de 1917 e, em 31 de março de 1933, com o apoio da Polícia, do Exército e o setor majoritário do Partido Nacional, deu um Golpe de Estado, dissolveu o Parlamento e censurou a imprensa, inaugurando, assim, um período conhecido como "Ditadura de Terra".

e seus amigos são totalmente afastados do centro das decisões naquele país. Neste mesmo ano, seu amigo e ex-presidente uruguaio Baltazar Brum suicida-se. No ano seguinte, Quiroga é destituído de seu cargo consular e passa a sofrer graves problemas financeiros.

Em plena crise financeira, alguns amigos intercedem em nome do escritor, que obtém do governo uruguaio sua nomeação como Cônsul Honorário, uma homenagem da nação uruguaia ao seu talento. Porém, a crise conjugal apenas piorava e María Elena retorna a Buenos Aires com a filha, abandonando o escritor na solidão da selva.

O escritor também mantinha uma relação hostil com seu filho Darío, e ambos não se falaram durante muito tempo. Já com Eglé restabelecia uma relação que havia passado por momentos críticos. Embora já casados, Darío e Eglé continuavam vivendo em Misiones, mas longe do pai. Quiroga parecia ser um homem agressivo, arisco e mal-humorado. Seu gênio irascível e obstinado afastou-o de tudo e de todos.

Em setembro de 1936, acometido por fortes dores estomacais, volta para Buenos Aires, onde é internado no Hospital de Clínicas, sendo amparado com dedicação por María Elena. Porém seu diagnóstico é fatal: um câncer gástrico irremediável. Em 18 de fevereiro de 1937, aos cinquenta e oito anos, Horacio Quiroga tira a própria vida ingerindo cianureto.

Segundo biógrafos, após permanecer cinco meses internado, na manhã de 18 de fevereiro, Quiroga recebe dos médicos a notícia sobre seu real estado de saúde. À tarde sai do hospital, visita sua filha Eglé, e em uma esquina qualquer de Buenos Aires compra cianureto, enganando o vendedor com a verdade, ao dizer que o veneno era para seu suicídio. Os dois riram. Quiroga volta ao hospital e na manhã do dia seguinte é encontrado morto.

Seu corpo é velado na sede da Sociedade Argentina de Escritores[9] e, após ser cremado, suas cinzas são transportadas para Salto, sua cidade natal.

Um ano após sua morte, mais suicídios entre pessoas de seu convívio íntimo acontecem. Eglé Quiroga, em 1938, com apenas vinte e sete anos de idade, suicida-se após receber o diagnóstico de um tumor maligno. Leopoldo Lugones, seu mentor e amigo, profundamente deprimido por desilusões políticas e pessoais, em 18 de fevereiro 1938, no balneário de El Tigre, próximo a Buenos Aires, suicida-se ingerindo uísque e cianureto, pondo fim a uma vida polêmica. Alfonsina Storni, ao descobrir um tumor no seio esquerdo, é operada, mas o doloroso tratamento por radioterapia a faz desistir, e o câncer persiste. Aos 42 anos, acometida por fortes dores e profundamente deprimida pela morte de seus amigos Horacio, Lugones e Eglé, na noite de 25 de outubro de 1938, em Mar del Plata, atira-se ao mar. Na manhã seguinte seu corpo é encontrado boiando na praia de La Perla. Três dias antes de se suicidar, envia para um jornal local o soneto *Voy a dormir*. O relato poético deste episódio foi imortalizado na voz da cantora argentina Mercedes Sosa em uma de suas canções mais famosas, *Alfonsina y el mar*.

---

[9] A SADE, ou Sociedade Argentina de Escritores, com sede na cidade de Buenos Aires, foi fundada em 1928 por escritores como Leopoldo Lugones, seu primeiro presidente, Horacio Quiroga, Jorge Luis Borges, Baldomero Fernández Moreno e Ricardo Rojas.

Para os irmãos Darío e María Helena, a Pitoca, o destino não seria diferente de seu pai e irmã. Em 1951, Darío, em um rompante de desespero, suicida-se. Em 1988 foi a vez de Pitoca, aos setenta anos de idade.

Pitoca praticamente não conheceu o pai, tinha apenas oito anos de idade quando a mãe o abandonou e nove quando este faleceu. Diferentemente dos irmãos, Horacio parecia ter exercido pouca influência sobre a filha...

> "... li toda sua obra depois que ele morreu. Li para tentar entender o que não tinha entendido vivendo ao seu lado. Talvez sua literatura me deixasse compreender o que não me permitiu nossa brava convivência." (María Helena Bravo sobre Horacio Quiroga no livro "La vida brava: Los amores de Horacio Quiroga", de Helena Corbellini)

O cenário selvático, as obrages, os obrageros e os mensú

Puerto Javier, na cidade de San Javier, atravessando o rio Uruguai, marca a entrada da Província de Misiones, nordeste da Argentina, limitada tanto ao norte quanto ao leste pelo Brasil, a oeste pelo Paraguai, na região da Tríplice Fronteira Brasil-Argentina-Paraguai. As águas dos rios Iguaçu e Paraná dividem os territórios de Brasil, Paraguai e Argentina.

Por sua superfície, Misiones é a segunda menor província da Argentina depois de Tucumán. Posadas é sua capital e San Ignacio é uma cidade da província. A região integra o maciço de Brasília através da meseta *misionera*, cujas rochas contêm importantes quantidades de ferro.

É nesse cenário que Horacio Quiroga viveu e se inspirou para escrever seus contos. Foi em San Ignacio que ele radicou-se, no meio de uma natureza tão bela quanto ameaçadora: a enigmática *Selva Misionera*, paisagens selváticas e híbridas da América Hispânica.

Essas características da região são bem descritas em seus contos, como "Yaguaí": *"(...) Yaguaí cheirou a pedra — um sólido bloco de mineral de ferro. (...)"*. *"Sob aquele meio-dia de fogo, sobre a meseta vulcânica que a areia vermelha tornava ainda mais calcinante (...)"*.

Outro elemento recorrente nas narrativas de Quiroga são as obrages e os *mensú*. Quem foram esses homens, o que foram as obrages? Quiroga traduziu a vivência de um povo, a cultura da fronteira, ao retratar um período de empreendedorismo que reuniu a região da tríplice fronteira.

No oeste paranaense, na porção sul do Estado do Mato Grosso, na Argentina e no Paraguai, regiões onde havia a predominância da paisagem de clima subtropical, surgiram a obrages (termo de origem castelhana). Essas propriedades, ou verdadeiros latifúndios de exploração, já típicas desde o século XIX no território argentino, não representavam meramente uma forma de exploração econômica, elas contribuíram para a formação de todo o universo sociocultural específico da região, um elemento histórico único.

Este modelo de exploração permaneceu em atividade por mais de meio século e existiam, exclusivamente, para a extração intensiva dos produtos que abundavam em suas áreas. A existência da obrages baseava-se na coleta maciça e predatória do binômio mate-madeira. O princípio econômico que regia as obrages era: os produtos tinham que ter uma excelente rentabilidade comercial e o investimento deveria ser mínimo, assim o retorno era absoluto. A obrage só despertava interesse enquanto lucrativa, caso contrário estava completamente descartada, e quando as reservas vegetais se esgotavam, as obrages eram de pronto abandonadas.

A erva-mate e a madeira eram os principais produtos de exploração dos obrageros. As obrages chegaram a explorar madeira até 100 quilômetros das margens do Rio Paraná, onde eram depositadas as toras de cedro, peroba, canela, pau-marfim, pau-rosa etc. Depois eram escoadas através de jangadas, ou marombas, como são conhecidas em algumas regiões brasileiras, por experientes jangadeiros que chegaram a transportar mil toras rio abaixo.

Eram nessas obrages que viviam os *mensú*. A expressão *mensú* tem origem na palavra espanhola *mensual*, ou seja, mensalista, termo equivalente ao "peão". Os *mensú* eram em sua maioria de origem paraguaia ou guarani, os chamados "guaranis modernos". Estes trabalhadores colocavam-se em completa obediência e submissão aos verdadeiros impérios exploratórios das obrages, atrelados a um sistema de trabalho desgastante e opressor. A violência era a marca registrada entre *mensú* e obrageros.

Ao serem contratados, esses trabalhadores das matas já recebiam o antecipo, uma espécie de adiantamento em dinheiro que lhes era dado antes que embarcassem para trabalhar nas obrages. Com isso, os obrageros apostavam no endividamento imediato dos *mensú*. Como conheciam muito bem o "espírito" desse tipo de trabalhador, homem de fronteira o qual a *"única coisa que (...) realmente possui é o desprendimento brutal de seu dinheiro* ("Os mensú"), os obrageros atrasavam a viagem ao Alto Paraná por alguns dias. Na espera do embarque e com dinheiro no bolso, os *mensú* arruinavam-se em bebedeiras nos muitos bares e prostíbulos existentes nos portos de Encarnación, Corrientes e Posadas, de onde os vapores partiam. Assim, em pouco tempo já estavam sem dinheiro e, a partir desse momento, o seu destino estava nas mãos dos obrageros, endividados antes mesmo de começar a trabalhar.

Os vapores traziam a notícia de onde havia trabalho nas obrages, e os escritórios de contratação, através do comissionista, que ganhava proporcionalmente ao número de *mensú* que contratava, faziam a seleção e contratação. Os trabalhadores eram avaliados pelo seu vigor físico e experiência anterior na extração da erva-mate e no corte de madeira. A oferta de mão de obra era muito maior do que a procura, o que facilitava o trabalho dos comissionistas.

Nas obrages, o trabalho dos *mensú* era controlado de perto por um capataz, uma espécie de feitor, homem de extrema confiança do obragero. Seus métodos faziam-no temido e respeitado nas obrages e os atos de violência cometidos eram corriqueiros. Dentro das obrages, os *mensú* eram como verdadeiros prisioneiros: tanto pela dívida que acumulavam pelo antecipo, quanto pela vigilância brutal dos capatazes. Não havia como fugir, os caminhos terrestres eram extremamente vigiados, além disso, a falta de comida, animais ferozes, insetos e doenças crônicas eram barreiras intransponíveis. Aventurar-se pelas correntezas do rio Paraná, em uma frágil canoa, era uma verdadeira loucura.

É claro que houve casos de tentativas de fugas "quase" bem-sucedidas, mas a maioria fracassou e levou à morte aqueles que se dispuseram a arriscar suas vidas em busca da liberdade.

Como o acesso à cidade era impossível, o endividamento dos *mensú* só aumentava, pois o único lugar para comprar mantimentos, roupas e outros gêneros de primeira necessidade era no barracão ou armazém de propriedade do obragero. No armazém havia a caderneta em que todos os gastos dos *mensú* eram anotados, e os preços das mercadorias eram absurdos.

Nos acampamentos, não havia qualquer assistência médica e a malária vitimava muitos trabalhadores, seguida de doenças venéreas, picadas de cobras e insetos, fraturas, ataques de animais e os tão comuns ferimentos com machados e facões. Os trabalhadores impossibilitados de trabalhar não recebiam qualquer auxílio e eram abandonados à própria sorte.

A narrativa de Horacio Quiroga constitui, sem dúvida, uma ferramenta de investigação histórica, expondo uma realidade social num espaço físico que incluiria até mesmo o oeste do Estado do Paraná no início do século XX. O rio Paraná, a paisagem agressiva, as adversidades do local, o silêncio mortal, o processo de colonização e a brutalidade da exploração da mão de obra denunciaram a realidade dessa região esquecida.

A loucura, o amor e a morte na obra de Horacio Quiroga

Contos de amor de loucura e de morte (assim mesmo, sem nenhuma vírgula entre as palavras, como quis o autor), publicado em 1917, dois anos após a morte por suicídio da primeira esposa de Horacio Quiroga, foi um verdadeiro sucesso de vendagem, esgotando-se rapidamente. Neles, o autor revela sua obsessão pela morte, as decepções do amor e a sombra da loucura. A maioria dos contos são desoladores e mostram seu grande conhecimento e compreensão da dor, herança, talvez, da tragédia que o acompanhou desde criança.

O amor vem narrado na forma de decepções, desilusões e desenganos. O deprimente "O Solitário" narra o casamento entre um joalheiro e sua jovem esposa, que não o ama. Ofensas, resignação, desengano e loucura são os temperos dessa trama e revela a condição enfermiça de ambos os personagens para terminar num terrível desfecho. O bucólico "Uma estação de amor" conta as consequências, anos mais tarde, do namoro de um jovem aristocrata, quando tinha apenas quinze anos. No poético "A morte de Isolda", conto construído em torno da frase "É tarde demais", o escritor mostra a impossibilidade de encontrar o verdadeiro amor: ainda que nos surja diante dos olhos, não podemos vê-lo, pois estamos cegos ante os prazeres da vida. E o belíssimo "A meningite e sua sombra", sobre um rapaz que vive um verdadeiro romance com uma moça que mal conhece, enquanto essa delira de febre causada pela meningite.

A loucura aparece como algo súbito, a conversão do ser humano em irracional e a alienação mental são, para o autor, uma transformação instantânea, sem processos intermediários e que pode acontecer a qualquer um, em qualquer momento. Refletindo, muitas vezes, sobre a facilidade do ser em deslizar, abruptamente, ao labirinto de alienação, muitos de seus contos revelam o questionamento íntimo do autor: por que a porta da loucura é capaz de se abrir tão rapidamente e sem avisar?

O tema é claramente explorado em "O cão raivoso", no qual a loucura revela-se como uma espécie de contágio animal. Um homem mordido por um cão doente começa a apresentar os sintomas da raiva: obsessão, paranoia, delírios, histeria e alucinações que o fazem crer que se transformará, também, em um cão raivoso. Em "A galinha degolada", um dos mais assustadores e cruéis contos do autor, retrata o cotidiano de uma família arruinada pela doença mental de seus quatro filhos. A loucura aqui aparece como uma herança genética, um mal próprio do homem que o frustra e o degenera.

A morte revela-se em várias faces. No universo mental de Horacio Quiroga ela deixa de ser um equívoco para ser uma certeza, como no insólito "O travesseiro de plumas".

A outra face da morte vem delatada através da irascível realidade da selva e seus perigos, além da realidade dos moradores dessa região e os abusos sofridos pelos trabalhadores das obrages. Em "À Deriva", um trabalhador rural, ao ser picado por uma cobra, tenta chegar ao povoado vizinho para conseguir assistência médica, derivando sobre o rio em sua canoa. "Os *mensú*" é, talvez, o conto de maior cunho social. Trágico, muitas vezes cômico e irônico, narra a história de dois peões da região de Misiones que, cansados de serem explorados, tentam uma arriscada fuga, que termina de uma maneira inusitada.

Em "O mel silvestre", um pacato e urbano contabilista resolve se embrenhar na selva para pôr em prática um sonho de infância, mas como em Misiones "as escapadelas levam (...) a limites imprevistos". E em "Os pescadores de vigas" detalha-se o que traz uma enchente do Paraná: árvores inteiras, arrancadas pelas raízes, negras ao ar como polvos, vacas e mulas mortas, tigres afogados, macacos com flechas fincadas no pescoço, espuma, palha podre, um homem degolado e cobras. Sempre cobras!

No mundo selvagem de Quiroga, o animal equipara-se ao homem, um vivente, e leva o leitor à reflexão sobre a condição humana. Estes contos reforçam o fatalismo do autor, a coincidência da morte certa para animais e seres humanos, mas aos homens atribui-se a capacidade de escolher seus destinos, já aos animais não. Em "A Insolação", um grupo de fox-terriers assiste, impassível, à caminhada de seu dono sob o sol impiedoso de Misiones até morrer, fato que lhes converte a vida em uma trágica e cruel sina. No conto alegórico "O arame farpado", contado desde o ponto de vista de dois cavalos, a liberdade é o centro da temática: o arame farpado impede as vacas e os cavalos de invadir uma plantação de aveia e conhecer novas paisagens. O tom é de suspense e o final, certamente, trágico. O triste "Yaguaí" (palavra do guarani, que significa Rio do Pequeno Tigre) é um relato emocionante da vida de um pequeno cão da raça fox-terrier que vive em uma natureza tranquila, até que seu amoroso dono o empresta para um amigo, que o ensinará os labores dignos de sua raça. Yaguaí, então, experimenta uma vida dura, faminta e miserável, mas resistindo a tudo, maduro e consciente das asperezas da vida, até que regressa uma noite, discretamente, ao seu verdadeiro lar, para encontrar seu fim.

Ainda há a narrativa fantástica "Os navios suicidas", que conduz o leitor através dos caminhos da imaginação humana ao fascinante tema dos navios fantasmas e, como pano de fundo, seguramente, um dos temas mais recorrentes na obra e na vida do autor: o suicídio. Dois contos onde se observa claramente a influência de Maupassant, tanto na história como na forma de descrever os personagens, são "Os olhos sombrios" e o comovente "O inferno artificial", narrativa que impressiona por sua originalidade e rudez do relato. A história, que gira em torno do vício da cocaína, mostra uma faceta muito diferente do autor.

O cômico "Nosso primeiro cigarro" trata das travessuras dos irmãos María e Eduardo, que após a morte da tia mudam-se com a mãe para uma chácara, há muito tempo abandonada, desfrutando ali de liberdade para explorar o lugar e para viver as primeiras experiências da vida. É uma narrativa leve, divertida, com certeza uma esplêndida autobiografia, uma evocação de sua infância em Salto, carregada de recordações e revelações familiares.

Obras:

Los arrecifes de coral, 1901 (poesia)
El crimen de otro, 1904 (contos)
Historia de un amor turbio, 1908 (novela)
Cuentos de amor de locura y de muerte, 1917 (contos)
Cuentos de la selva, 1918 (contos)
Las sacrificadas, 1920 (teatro)
El salvaje, 1920 (contos)
Anaconda, 1921 (contos)
El desierto, 1924 (contos)
Los desterrados, 1926 (contos)
Pasado amor, 1929 (novela)
Más allá, 1935 (contos)

Contos de Amor de Loucura e de Morte

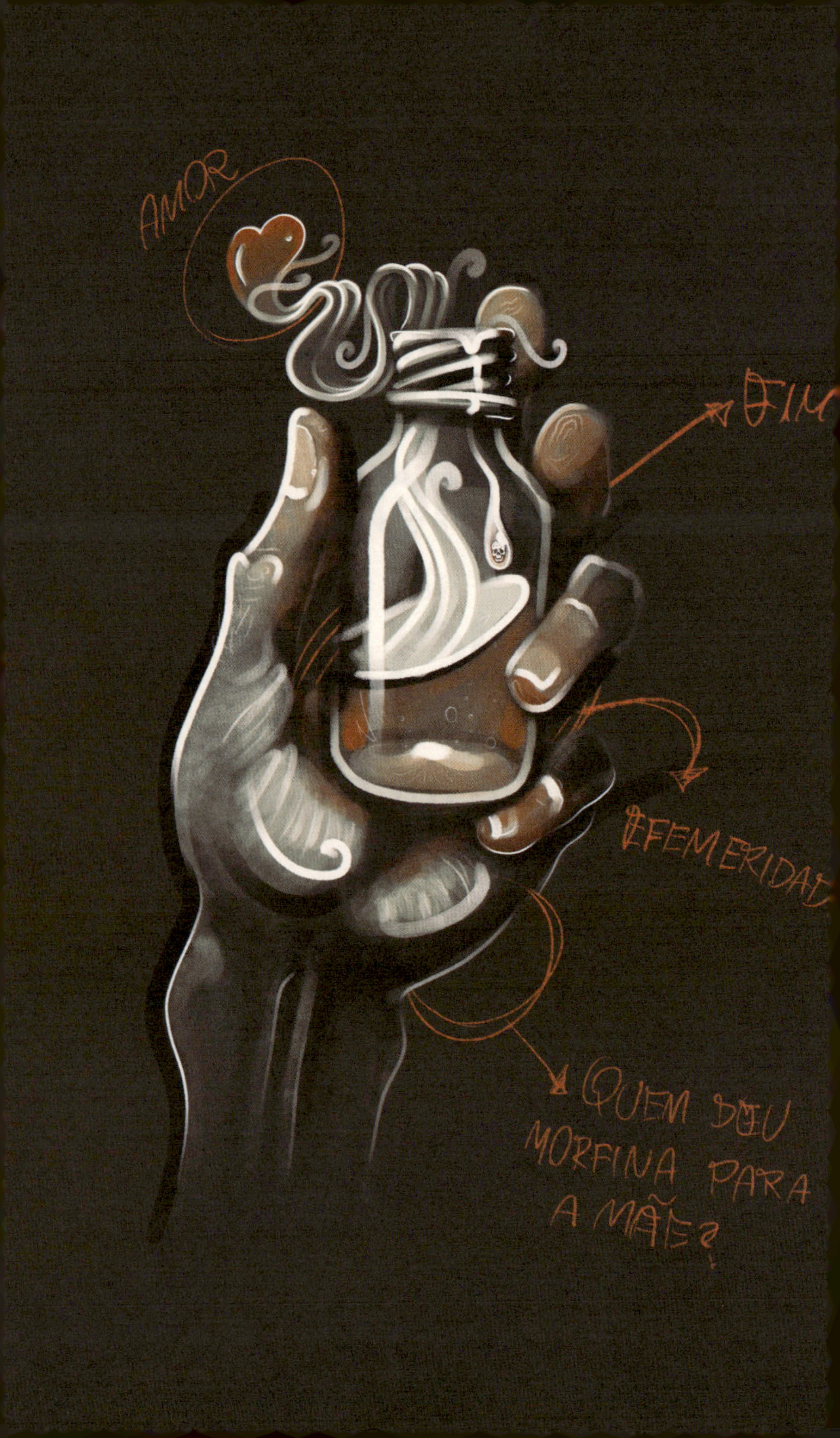
AMOR
FIM
EFEMERIDAD
QUEM DEU MORFINA PARA A MÃE?

Uma ESTAÇÃO de AMOR

I

Primavera

Era terça-feira de carnaval. Nébel acabava de entrar no corso, já ao escurecer, e, enquanto desfazia um pacote de serpentinas, olhou a carruagem da frente. Estranhou um rosto que não tinha visto na carruagem na tarde anterior, perguntou a seus companheiros:

— Quem é? Não parece feia.
— Um demônio! É lindíssima. Acho que sobrinha, ou coisa assim, do doutor Arrizabalaga. Chegou ontem, me parece...

Nébel fixou então atentamente os olhos na formosa criatura. Era uma garota muito jovem ainda, talvez não mais que catorze anos, mas já núbil. Tinha, sob o cabelo muito escuro, um rosto de suprema brancura, desse branco mate e raso que é patrimônio exclusivo das cútis muito finas. Olhos azuis, longos, perdendo-se até as têmporas entre negros cílios. Talvez um pouco separados, o que dá, sob a fronte, ar de muita nobreza ou de grande obstinação. Mas seus olhos, assim, enchiam aquele semblante em flor com a luz de sua beleza. E Nébel, ao senti-los detidos um momento nos seus, ficou deslumbrado.

— Que encanto! — murmurou, ficando imóvel com um joelho sobre o almofadão do *surrey*.[1] Um momento depois as serpentinas voavam para a vitória. Ambas as carruagens já estavam enlaçadas pela ponte suspensa de fitas, e a que ocasionava sorria de vez em quando ao galante rapaz.

Mas, aquilo chegava já à falta de respeito às pessoas, aos cocheiros e ainda às outras carruagens: sobre o ombro, a cabeça, chicote, para-lamas, as serpentinas choviam sem cessar. Tanto foi, que as duas pessoas sentadas atrás se voltaram e, ainda que sorrindo, examinaram atentamente o esbanjador.

— Quem são? — perguntou Nébel em voz baixa.

— O doutor Arrizabalaga... Certeza que não o conhece. A outra é a mãe da sua garota... É cunhada do doutor.

Como, depois do exame, Arrizabalaga e a senhora sorriram francamente ante aquela exuberância de juventude, Nébel achou-se no dever de saudá-los, ao que lhe respondeu o terceto com jovial condescendência.

Esse foi o princípio de um idílio que durou três meses, e ao qual Nébel contribuiu com o quanto de adoração cabia em sua apaixonada adolescência. Enquanto continuou o corso, e em Concordia prolonga-se até horas incríveis, Nébel estendeu incessantemente seu braço adiante, tanto que o punho de sua camisa, desabotoado, dançava sobre a mão.

No dia seguinte reproduziu-se a cena; e como desta vez o corso reiniciava de noite com batalha de flores, Nébel esgotou num quarto de hora quatro imensas canastras. Arrizabalaga e a senhora riam, voltando-se

---

[1] Carruagem puxada a cavalo com capacidade para até quatro pessoas.

com frequência, e a jovem quase não afastava seus olhos de Nébel. Esse lançou um olhar de desespero à suas canastras vazias; mas sobre o almofadão do *surrey* restava ainda um, um pobre ramo de sempre-vivas e jasmins do país. Nébel saltou com ele por sobre a roda do *surrey*, quase deslocou um tornozelo, e correndo à vitória, ofegante, empapado de suor e com o entusiasmo estampado nos olhos, estendeu o ramo à jovem. Ela buscou atordoadamente outro, mas não o tinha. Seus acompanhantes riram.

— Mas, louca! — disse-lhe a mãe, lhe assinalando o peito — Aí tem um!

A carruagem arrancava ao trote. Nébel, que tinha descido do estribo, aflito, correu e alcançou o ramo que a jovem lhe estendia, com o corpo quase fora da carruagem.

Nébel tinha chegado há três dias de Buenos Aires, onde concluía seu ensino médio. Tinha permanecido lá sete anos, de maneira que seu conhecimento da sociedade atual de Concordia era mínimo. Devia ficar ainda quinze dias em sua cidade natal, desfrutados no pleno sossego de alma, e também de corpo. E eis que, desde o segundo dia, perdia toda sua serenidade. Mas, em compensação, que encanto!

— Que encanto! — repetia pensando naquele raio de luz, flor e carne feminina que tinha chegado a ele desde a carruagem. Reconhecia-se real e profundamente deslumbrado, e apaixonado, desde então.

E se ela o quisesse!... O queria? Nébel, para elucidar, confiava bem mais na precipitação aturdida com que a jovem tinha buscado algo para lhe dar que no ramo de seu peito. Evocava claramente o brilho de seus olhos quando o viu chegar correndo, a inquieta expectativa com que o esperou, e em outra ordem, a delicadeza do jovem peito, ao lhe estender o ramo.

E agora, acabado! Ela iria no dia seguinte para Montevidéu. Que lhe importava os demais, Concordia, seus amigos de antes, e mesmo seu pai? Pelo menos iria com ela até Buenos Aires.

Fizeram, efetivamente, a viagem juntos, e durante ela, Nébel chegou ao mais alto grau de paixão que pode atingir um romântico rapaz de 18 anos, que se sente querido. A mãe acolheu o quase infantil idílio com afável complacência, e ria com frequência ao vê-los, falando pouco, sorrindo sem cessar, e olhando-se infinitamente.

A despedida foi breve, pois Nébel não quis perder o último vestígio de sensatez que lhe restava, interrompendo sua corrida atrás dela.

Voltariam a Concordia no inverno, talvez uma temporada. Ele iria? "Oh, eu não volto" E, enquanto Nébel afastava-se devagar pelo cais, voltando-se a cada momento, ela, de peito sobre a borda e a cabeça um pouco baixa, o seguia com os olhos, enquanto na prancha os marinheiros alçavam seus sorrisos àquele idílio, e ao vestido, curto ainda, da terníssima noiva.

Verão

Em 13 de junho Nébel voltou a Concordia, e ainda que soubesse desde o primeiro momento que Lidia estava ali, passou uma semana sem se inquietar nem pouco nem muito por ela. Quatro meses é prazo de sobra para uma paixão relâmpago, e na água adormecida de sua alma, apenas um último resplendor conseguia ondular seu amor-próprio. Sentia, sim, curiosidade de vê-la. Até que um pequeno incidente, ferindo sua vaidade, o arrastou de novo. No primeiro domingo, Nébel, como todo bom garoto de povoado, esperou na esquina a saída de missa. Finalmente, as últimas talvez, empertigadas e olhando para frente, Lidia e sua mãe avançaram por entre a fila de rapazes.

Nébel, ao vê-la de novo, sentiu que seus olhos se dilatavam para sorver em toda sua plenitude a figura bruscamente adorada. Esperou com ânsia quase dolorosa o instante em que os olhos dela, em um súbito resplendor de ditosa surpresa, o reconheceriam entre o grupo.

Mas passou, com seu olhar frio e fixo adiante.

— Parece que ela não se lembra mais de você — disse um amigo, que a seu lado tinha acompanhado o incidente.

— Não muito! — sorriu ele — E é uma pena, porque eu gostava de verdade da garota.

Mas quando esteve só chorou sua desgraça. E agora que tinha voltado a vê-la! Como, como a tinha querido sempre, ele que acreditava nem se lembrar mais! E acabou-se! Pum, pum, pum! — repetia sem dar-se conta — Pum! Tudo acabado!

De repente: E se ela não me viu?... Claro! Mas claro! Seu rosto se animou de novo, e apegou-se a esta vaga probabilidade com profunda convicção.

Às três batia na casa do doutor Arrizabalaga. Sua ideia era elementar: consultaria com qualquer mísero pretexto o advogado e talvez a visse.

Foi para lá. Uma súbita corrida pelo quintal respondeu ao timbre, e Lidia, para deter o impulso, teve que se apoiar violentamente à porta envidraçada. Viu Nébel, lançou uma exclamação, e ocultando com seus braços a leviandade de sua roupa, fugiu mais velozmente ainda.

Um instante depois a mãe abria o consultório, e acolhia seu antigo conhecido com mais viva complacência que quatro meses atrás. Nébel não cabia em si de prazer, e como a senhora não parecia inquietar-se pelas preocupações jurídicas de Nébel, esse preferiu também um milhão de vezes tal presença à do advogado.

Contudo, se achava sobre brasas de uma felicidade demasiado ardente e, como tinha 18 anos, desejava ir de uma vez para gozar a sós, e sem timidez, sua imensa felicidade.

— Tão cedo, já! — disse a senhora — Espero que tenhamos o gosto do vê-lo outra vez... Não é verdade?

— Oh, sim, senhora!

— Em casa todos teríamos muito prazer... Suponho que todos! Quer que eu pergunte? — sorriu com maternal deboche.

— Oh, com toda a alma! — respondeu Nébel.

— Lidia! Venha cá um momento! Há aqui uma pessoa que você conhece.

Nébel já havia sido visto por ela; mas não importava.

Lidia chegou quando ele já estava de pé. Avançou a seu encontro, os olhos cintilantes de felicidade, e estendeu-lhe um grande ramo de violetas, com adorável lerdeza.

— Se não for incômodo para você — prosseguiu a mãe — poderia vir todas as segundas-feiras... Que tal?

— Que é muito pouco, senhora! — respondeu o rapaz — Em às sextas-feiras também... Me permite?

A senhora começou a rir.

— Que apressado! Não sei... Vejamos que diz Lidia. O que você acha, Lidia?

A criatura, que não afastava seus olhos sorridentes de Nébel, lhe disse "sim!" na sua cara, já que a ele devia sua resposta.

— Muito bem: então até a segunda-feira, Nébel.
Nébel objetou:
— Não me permitiria vir esta noite? Hoje é um dia extraordinário...
— Bem! Esta noite também! Acompanhe-o, Lidia.
Mas Nébel, em louca necessidade de movimento, despediu-se ali mesmo e fugiu com seu ramo cujo cabo tinha quase se desfeito, e com a alma projetada ao último céu da felicidade.

II

Durante dois meses, todos os momentos em que se viam, em todas as horas que os separavam, Nébel e Lidia se adoraram. Para ele, romântico ao ponto de sentir o estado de dolorosa melancolia que provoca uma simples garoa que acinzenta o quintal, aquela criatura, com seu rosto angelical, seus olhos azuis e sua precoce plenitude, devia encarnar a soma possível de ideal. Para ela, Nébel era varonil, bom moço e inteligente. Não tinha, em seu mútuo amor, mais nuvem senão a menoridade de Nébel. O rapaz, deixando de lado estudos, carreiras e superfluidades, queria se casar. Comprovadamente, não havia senão duas coisas que a ele lhe era *absolutamente* impossível: viver sem Lidia, e que enfrentaria tudo o que se opusesse a isso. Pressentia — ou melhor, sentia — que ia fracassar violentamente.

Seu pai, efetivamente, a quem Nébel tinha desagradado profundamente pelo ano que perdia, depois de um namorico de carnaval, iria pôr os pingos nos is com terrível vigor. No final de agosto, um dia, falou definitivamente com seu filho:

— Disseram-me que seguem suas visitas à casa de Arrizabalaga. É verdade? Porque você não se dignou em me dizer uma só palavra.

Nébel viu toda a tormenta nessa forma de dignidade, e a voz tremeu um pouco ao responder:

— Se não te disse nada, pai, é porque sei que você não gosta que fale disso.

— Bah! Quanto a gostar, você pode, efetivamente, poupar-se do trabalho... Mas quero saber em que estado está. Vai a essa casa como noivo?

— Sim.

— E te recebem formalmente?

— Acho que sim.

O pai o olhou fixamente e tamborilou sobre a mesa.

— Está bem! Muito bem!... Ouça-me, porque tenho o dever de te mostrar o caminho. Você sabe bem o que está fazendo? Tem pensado no que pode acontecer?

— Acontecer?... O quê?

— Casar com essa moça. Mas preste atenção; já tem idade para refletir, ao menos. Sabe quem é? De onde vem? Conhece alguém que saiba que vida leva em Montevidéu?

— Pai!

— Sim, que fazem por lá! Bah! Não faça essa cara... Não me refiro à sua... noiva. Essa é uma criança, e como tal não sabe o que faz. Mas sabe de que vivem?

— Não! Nem me importo, porque ainda que seja meu pai...

— Bah, bah, bah! Deixe isso para depois. Não te falo como pai senão como qualquer homem honrado poderia te falar. E já que fica tão indignado com o que te pergunto,

averigue com quem possa te contar que tipo de relação tem a mãe de sua noiva com o cunhado, pergunte!
— Sim! Já sei que foi...
— Ah, sabe que é a amante de Arrizabalaga? E que ele ou outro sustentam a casa em Montevidéu? E você fica com essa cara de pau!
— ...!
— Sim, já sei, sua noiva não tem nada que ver com isso, já sei! Não há impulso mais belo que o seu... Mas tome cuidado, porque você pode chegar tarde... Não, não, fique calmo! Não tenho nenhuma ideia de ofender a sua noiva, e creio, como te disse, que não está contaminada ainda pela podridão que a rodeia. Mas se a mãe quer vendê-la pelo casamento, ou melhor, pela fortuna que você herdará quando eu morrer, diga-lhe que o velho Nébel não está disposto a esses tráficos, e que antes o diabo o leve, do que eu consentir com esse casamento. Nada mais tenho para te dizer.

O rapaz gostava muito de seu pai, apesar do caráter duro desse; saiu cheio de raiva por não ter podido desafogar sua ira, que ele sabia ser tão mais violenta quanto injusta. Fazia tempo já que não ignorava isso: a mãe de Lidia tinha sido amante de Arrizabalaga, enquanto seu marido era vivo, e ainda por quatro ou cinco anos depois. Viam-se ainda de vez em quando, mas o velho libertino, agora abatido por sua artrite de solteirão doentio, estava muito longe de ser aquilo que sua cunhada pretendia; e se mantinha o padrão de mãe e filha, fazia-o por uma espécie de compaixão de ex-amante, próximo ao vil egoísmo e, sobretudo, para confirmar os boatos atuais que inchavam sua vaidade.

Nébel evocava a mãe; e com um estremecimento de rapaz louco pelas mulheres casadas, recordava certa noite em que folheando juntos e reclinados uma *Illustration*,[2] tinha acreditado sentir sobre seus nervos, subitamente tensos, um profundo hálito de desejo que surgia do corpo pleno que o roçava. Ao levantar os olhos, Nébel tinha visto o olhar dela, embriagado, pousar pesadamente sobre o seu.

Tinha se equivocado? Era terrivelmente histérica, mas com raras crises explosivas; os nervos desordenados repicavam para dentro, daí a doentia tenacidade num disparate e o súbito abandono de uma convicção; e no prenúncio das crises, a obstinação crescente, convulsiva, edificando-se com grandes blocos de absurdos. Abusava da morfina por angustiosa necessidade e por elegância. Tinha trinta e sete anos; era alta, com lábios muito grossos e acesos que humedecia sem cessar. Sem serem grandes, seus olhos apareciam pelo traço e por ter cílios muito longos; mas eram admiráveis de sombra e fogo. Pintava-se. Vestia-se, como a filha, com perfeito bom gosto, e era essa, sem dúvida, sua maior sedução. Devia ter tido, como mulher, profundo encanto; agora a histeria tinha cansado muito seu corpo — sendo, sem dúvida, doente do ventre. Quando a chicotada da morfina passava, seus olhos se ofuscavam, e da comissura dos lábios, da pálpebra cheia, pendia uma fina redezinha de rugas. Mas apesar disso, a mesma histeria que lhe desfazia os nervos era o alimento, um pouco mágico, que sustentava sua tonicidade.

Amava profundamente Lidia; e com a moral das burguesas histéricas, teria depreciado sua filha para fazê-la

---

[2] "L'Illustration" é o nome de um semanário francês, publicado entre 1843 e 1944, que ficou famoso por seu uso abundante de material ilustrativo.

feliz, isso é, para lhe proporcionar aquilo que teria feito sua própria felicidade.

Assim, a inquietude do pai de Nébel a esse respeito tocava seu filho no mais profundo de sua sensatez de amante. Como Lidia tinha escapado? Porque a limpidez de sua cútis, a franqueza de sua paixão de garota que surgia com adorável liberdade de seus olhos brilhantes, eram não só uma prova de pureza, como também um degrau de nobre prazer pelo qual Nébel subia triunfal para arrancar com um punhado a planta podre na flor que pedia por ele.

Esta convicção era tão intensa, que Nébel jamais a tinha beijado. Uma tarde, depois de almoçar, quando passava pela casa de Arrizabalaga, tinha sentido um louco desejo de vê-la. Sua felicidade foi completa, pois a encontrou sozinha, vestida com uma bata longa até os pés, e com os cachos sobre as bochechas. Como Nébel a reteve contra a parede, ela, rindo e sem graça, se recostou na parede. E o rapaz, à sua frente, tocando-a quase, sentiu em suas mãos inertes a alta felicidade de um amor imaculado, que tão fácil lhe teria sido manchar.

Mas depois, uma vez sua mulher! Nébel precipitava o quanto lhe era possível seu casamento. Sua habilitação de idade, obtida nesses dias, permitia-lhe por sua legítima materna enfrentar as despesas. Restava o consentimento do pai, e a mãe de Lidia teimava nesse detalhe.

A situação dela, demasiado ambígua em Concordia, exigia uma sanção social que devia começar, claro, pela do futuro sogro de sua filha. E, sobretudo, sustentava o desejo de humilhar, de forçar a moral burguesa a dobrar os joelhos ante a mesma inconveniência que desprezou.

Várias vezes tinha tocado no ponto com seu futuro genro, com alusões a "meu sogro"... "minha nova família"...

"a cunhada de minha filha". Nébel se calava, e os olhos da mãe brilhavam, então, com mais fogo.

Até que um dia a chama se levantou. Nébel tinha fixado o dia 18 de outubro para seu casamento. Faltava mais de um mês ainda, mas a mãe fez entender claramente ao rapaz que queria a presença de seu pai essa noite.

— Será difícil — disse Nébel após um mortificante silêncio — Custa-lhe muito sair à noite... Não sai nunca.

— Ah! — exclamou somente a mãe, mordendo rapidamente o lábio. Outra pausa seguiu, mas essa já de presságio.

— Por que você não vai fazer um casamento clandestino, não é verdade?

— Oh! — sorriu dificilmente Nébel — Meu pai tampouco acreditaria.

— E então?

Novo silêncio, cada vez mais tempestuoso.

— É por minha causa que o seu senhor pai não quer comparecer?

— Não, não senhora! — finalmente exclamou, Nébel, impaciente — É o seu jeito de ser... Falarei de novo com ele, se quiser.

— Eu, querer? — sorriu a mãe dilatando as narinas — Faça o que lhe pareça melhor... Quer sair agora, Nébel? Não estou bem.

Nébel saiu, profundamente descontente. O que ia dizer a seu pai? Esse sustentava sempre sua rotunda oposição a tal casamento, e já o filho tinha empreendido os gerenciamentos para prescindir de sua autorização.

— Pode fazer isso, bem mais, e tudo o que te dê a vontade. Mas meu consentimento para que essa manteúda seja tua sogra, jamais!

Três dias depois, Nébel decidiu acabar de uma vez esse estado de coisas, e aproveitou para isso um momento em que Lidia não estava.

— Falei com meu pai — começou Nébel — e me disse que lhe será completamente impossível comparecer.

A mãe se pôs um pouco pálida, enquanto seus olhos, em um súbito fulgor, esticavam-se até as têmporas.

— Ah! E por quê?

— Não sei — respondeu Nébel com voz surda.

— Quer dizer... o senhor seu pai teme se manchar se puser os pés aqui?

— Não sei — repetiu ele com obstinação.

— É que é uma ofensa gratuita essa que nos faz esse senhor! O que ele pensa? — acrescentou com voz já alterada e os lábios trêmulos — Quem é ele para se dar esse tom?

Nébel sentiu então o golpe da reação na linhagem profunda de sua família.

— Quem é, não sei! — respondeu, por sua vez, com a voz precipitada — Mas não só se nega a comparecer, como também não dá seu consentimento.

— O quê? Se nega? E por quê? Quem é ele? O mais autorizado para isso!

Nébel se levantou:

— A senhora não...

Mas ela tinha levantado também.

— Sim, sim! Você é uma criança! Pergunte a ele de onde saiu sua fortuna, roubada de seus clientes! E com esses ares! Sua família perfeita, sem mancha, enche a boca com isso! Sua família!... Peça que lhe diga quantas paredes tinha que saltar para ir dormir com sua mulher, antes de se casar! Sim, e me vem com sua família!... Muito bem, saia; estou até aqui de hipocrisias! Passe bem!

III

Nébel viveu quatro dias no mais profundo desespero. O que podia esperar após o sucedido? No quinto, e ao anoitecer, recebeu um bilhete:

Octavio:
Lidia está bastante doente, e só sua presença poderia acalmá-la.
María S. de Arrizabalaga.

Era um ardil, não tinha dúvida. Mas se sua Lidia realmente...

Foi essa noite e a mãe o recebeu com uma discrição que assombrou Nébel, sem afabilidade excessiva, tampouco com ar de pecadora que pede desculpa.

— Se quer vê-la...

Nébel entrou com a mãe, e viu seu amor adorado na cama, o rosto com essa frescura sem pós que unicamente os 14 anos dão, e as pernas encolhidas.

Sentou-se a seu lado, e em vão a mãe esperou que se dissessem algo; não faziam senão se olhar e sorrir.

De repente Nébel sentiu que estavam sozinhos, e a imagem da mãe surgiu nítida: "Ela se foi para que, no embalo do meu amor reconquistado, eu perca a cabeça e o casamento seja, assim, forçado". Mas nesse quarto de hora de prazer que lhe ofereciam adiantado à custa de uma promissória de casamento, o rapaz de 18 anos sentiu — como outra vez contra a parede — o prazer sem a mais leve mancha, de um amor puro em toda sua auréola de poético idílio.

Só Nébel pôde dizer quão grande foi sua felicidade recuperada após o naufrágio. Ele também esquecia o que tinha sido na mãe uma explosão de calúnia, ânsia raivosa de insultar os que não o merecem. Mas tinha a mais fria decisão de afastar a mãe de sua vida, uma vez casados. A lembrança de sua terna noiva, pura e sorridente na cama, da que tinha estendido uma ponta para ele, acendia a promessa de uma voluptuosidade íntegra, à que não tinha roubado nem o menor diamante.

Na noite seguinte, ao chegar à casa de Arrizabalaga, Nébel encontrou o saguão escuro. Após longo momento, a empregada entreabriu a vidraça:

— Saíram? — perguntou, estranhando.

— Não, vão para Montevidéu... Foram a Salto dormir a bordo.

— Ah! — murmurou Nébel aterrorizado. Tinha uma esperança ainda.

— O doutor? Posso falar com ele?

— Não está, foi ao clube depois de comer...

Uma vez na rua escura, Nébel levantou e deixou cair os braços com mortal desalento. Acabou tudo! Sua felicidade, sua sorte reconquistada um dia antes, perdida de novo e para sempre! Pressentia que desta vez não havia redenção possível. Os nervos da mãe tinham saltado loucamente, como teclas, e ele já não podia fazer mais nada.

Caminhou até a esquina e, dali, imóvel sob o lampião, contemplou com estúpida firmeza a casa rosada. Deu uma volta no quarteirão, e voltou a deter-se sob o lampião. Nunca, nunca mais!

Até as onze e meia fez o mesmo. Por fim, foi para sua casa e carregou o revólver. Mas uma lembrança o deteve:

meses atrás tinha prometido a um desenhista alemão que antes de se suicidar um dia — Nébel era adolescente — iria vê-lo. Unia-o ao velho militar de Guillermo uma viva amizade, alicerçada sobre longas conversas filosóficas.

Na manhã seguinte, muito cedo, Nébel o chamava ao pobre quarto dele. A expressão de seu rosto era demasiadamente explícita.

— É agora? — perguntou o paternal amigo, estreitando-lhe com força a mão.

— Pst! De qualquer maneira! — respondeu o rapaz, olhando para outro lado.

O desenhista, com grande calma, contou-lhe então seu próprio drama de amor.

— Vá para sua casa — concluiu — e se às onze não tiver mudado de ideia, volte e almoce comigo, se é que teremos o que comer. Depois fará o que quiser. Jura?

— Juro! — respondeu Nébel, devolvendo-lhe seu estreito aperto de mão com grande vontade de chorar.

Em sua casa o esperava um cartão de Lidia:

> *Idolatrado Octavio:*
> *Meu desespero não pode ser maior; mas minha mãe acha que se eu me casasse com você, estariam reservadas para mim grandes dores; compreendi, como ela, que o melhor era nos separarmos e lhe jurar não esquecê-lo nunca.*
>
> *Sua,*
> *Lidia*

— Ah, tinha que ser assim! — clamou o rapaz, vendo ao mesmo tempo com espanto seu rosto transformado no espelho — A mãe era quem tinha inspirado a carta, ela e sua maldita loucura! Lidia só fez escrever, e a pobre garota, transtornada, chorava todo seu amor na redação. Ah! Se pudesse vê-la algum dia, lhe dizer de que modo a amo, quanto a ama agora, adorada de minha alma!...

Tremendo, foi à mesa de cabeceira e apanhou o revólver; mas recordou sua nova promessa, e durante um momento permaneceu imóvel, limpando obstinadamente com a unha uma mancha do tambor.

Outono

Uma tarde, em Buenos Aires, acabava Nébel de subir no bonde, quando esse se deteve um momento mais do que o normal, e Nébel, que lia, voltou enfim a cabeça. Uma mulher, com lento e difícil passo, avançava entre os assentos. Depois de uma rápida olhadela à incômoda pessoa, retomou a leitura. A dama sentou-se a seu lado, e ao fazê-lo olhou atentamente seu vizinho. Nébel, ainda que sentisse de vez em quando o olhar estranho pousado sobre ele, prosseguiu sua leitura; mas finalmente se cansou e levantou o rosto surpreso.

— Já imaginava que era você — exclamou a dama — embora ainda duvidasse... Não se lembra de mim, não é verdade?

— Sim — respondeu Nébel abrindo os olhos — A senhora de Arrizabalaga...

Ela viu a surpresa de Nébel, e sorriu com ar de velha cortesã, que tenta ainda parecer bem para um rapaz.

Dela — quando Nébel a conheceu onze anos atrás — só ficaram os olhos, ainda que muito afundados, e já apagados. A cútis amarela, com tons esverdeados nas sombras, se fendia em poeirentos sulcos. As maçãs do rosto saltavam agora, e os lábios, sempre grossos, pretendiam ocultar uma dentição toda cariada. Sob o corpo abatido via-se viva morfina correndo por entre os nervos esgotados e as artérias aquosas, até converter naquele esqueleto a elegante mulher que um dia folheou *Illustration* ao seu lado.

— Sim, estou muito envelhecida... E doente; já tive problemas nos rins... E você — acrescentou olhando-o com ternura — sempre igual! Verdade é que não tem trinta anos ainda... Lidia também está igual.

Nébel levantou os olhos:

— Solteira?

— Sim... Quanto se alegrará quando eu lhe contar! Por que não lhe dá esse gosto à pobre? Não quer ir nos visitar?

— Com muito gosto — murmurou Nébel.

— Sim, venha logo; sabe o que fomos para você... Enfim, Boedo, 1483, apartamento 14... Nossa posição é tão mesquinha...

— Oh! — protestou ele, levantando-se para ir embora. Prometeu ir o quanto antes.

Doze dias depois Nébel devia voltar ao engenho, e antes quis cumprir sua promessa. Foi lá — um miserável departamento de subúrbio. A senhora de Arrizabalaga o recebeu, enquanto Lidia se arrumava um pouco.

— Então, onze anos! — observou de novo a mãe. — Como passa o tempo! E você que poderia ter uma infinidade de filhos com Lidia!

— Seguramente — sorriu Nébel, olhando ao seu redor.

— Oh! Não estamos muito bem! E, sobretudo como deve estar arrumada sua casa... Sempre ouço falar de seus canaviais... Esse é sua única propriedade?

— Sim,... em Entre Ríos também...

— Que feliz! Se uma pessoa pudesse... Sempre desejando ir passar uns meses no campo, e sempre só com o desejo!

Calou-se, lançando um fugaz olhar a Nébel. Ele, com o coração apertado, revivia nítidas as impressões enterradas por onze anos em sua alma.

— E tudo isso por falta de relações... É tão difícil ter um amigo nessas condições!

O coração de Nébel se contraía cada vez mais, e Lidia entrou.

Ela estava também muito mudada, porque o encanto do candor e da frescura dos catorze anos, não se volta a encontrar mais na mulher de vinte e seis. Mas sempre bela. Seu olfato masculino sentiu em seu pescoço delicado, na mansa tranquilidade de seu olhar, e em todo o indefinível que denuncia ao homem o amor já gozado, que devia guardar velada para sempre a lembrança da Lidia que conheceu.

Falaram de coisas muito triviais, com perfeita discrição de pessoas maduras. Quando ela saiu de novo um momento, a mãe retomou:

— Sim, está um pouco fraca... E quando penso que no campo se recuperaria logo... Veja, Octavio: me permite ser franca com você? Já sabe que o quis como a um filho... Não poderíamos passar uma temporada na sua propriedade? Quanto bem faria a Lidia!

— Sou casado — respondeu Nébel.

A senhora teve um gesto de viva contrariedade, e por um instante sua decepção foi sincera; mas em seguida cruzou suas mãos cômicas:

— Casado, você! Oh, que desgraça, que desgraça! Perdoe-me, já sabe!... Não sei o que digo... E sua senhora vive com você no engenho?

— Sim, geralmente... Agora está na Europa.

— Que desgraça! Quer dizer... Octavio! — acrescentou abrindo os braços com lágrimas nos olhos — Para você posso contar, você quase foi meu filho... Estamos pouco menos que na miséria! Por que não quer que eu vá com Lidia? Vou lhe fazer uma confissão de mãe — concluiu com um pastoso sorriso e baixando a voz — você conhece bem o coração de Lidia, não é verdade?

Esperou resposta, mas Nébel permaneceu calado.

— Sim, você a conhece! E acha que Lidia é mulher capaz de esquecer quando amou?

Agora tinha reforçado sua insinuação com um leve piscar de olhos. Nébel calculou, então, de repente, o abismo em que poderia ter caído antes. Era sempre a mesma mãe, mas já depreciada por sua própria alma velha, pela morfina e a pobreza. E Lidia... ao vê-la outra vez tinha sentido um brusco golpe de desejo pela mulher atual de voz grave e já estremecida. Ante o tratado comercial que lhe ofereciam, lançou-se nos braços daquela estranha conquista que lhe apresentava o destino.

— Não sabe, Lidia? — desatou a mãe alvoroçada, ao voltar sua filha — Octavio nos convida para passar uma temporada em sua propriedade. O que você acha?

Lidia teve uma fugitiva contração das sobrancelhas e recuperou sua serenidade.

— Muito bom, mãe...

— Ah! Não sabe o que me disse? Está casado. Tão jovem ainda! Somos quase da sua família...

Lidia voltou então os olhos a Nébel, e olhou-o um momento com dolorosa gravidade.

— Faz tempo? — murmurou.

— Quatro anos — respondeu ele baixinho. Apesar de tudo, lhe faltou coragem para olhá-la.

Inverno

Não fizeram a viagem juntos, por um último escrúpulo de Nébel em uma linha em que era muito conhecido, mas ao sair da estação subiram na carruagem da casa. Quando Nébel ficava sozinho no engenho, não mantinha no serviço doméstico mais que uma velha índia, pois — além de sua própria frugalidade — sua mulher levava consigo os demais empregados. Desse modo, apresentou suas acompanhantes à fiel nativa como uma tia idosa e sua filha, que vinham a recuperar a saúde perdida.

Nada mais crível, por outro lado, pois a senhora decaía vertiginosamente. Tinha chegado desalinhada, o pé incerto e pesadíssimo, e nos seus traços angustiosos a morfina, sacrificada por quatro horas a pedido de Nébel, pedia a gritos uma corrida para dentro daquele cadáver vivente.

Nébel, que abandonou os estudos com a morte de seu pai, sabia o suficiente para prever uma rápida catástrofe; o rim, intimamente atacado, tinha às vezes paradas perigosas que a morfina não fazia senão precipitar.

Já no carro, não podendo mais resistir, olhou para Nébel com miserável angústia:

— Se me permite, Octavio... Não posso mais! Lidia, fique na minha frente.

A filha, tranquilamente, ocultou um pouco a sua mãe, e Nébel ouviu o farfalhar da roupa violentamente recolhida para picar na coxa.

Os olhos se acenderam, e uma plenitude de vida cobriu como uma máscara aquela face agônica.

— Agora estou bem... Que felicidade! Me sinto bem.

— Deveria deixar isso — disse rudemente Nébel, olhando-a de lado. Ao chegar, estará pior.

— Oh, não! Antes morrer aqui mesmo.

Nébel passou todo o dia desgostoso, e decidido a viver o quanto lhe fosse possível sem ver em Lidia e sua mãe mais que duas pobres doentes. Mas ao cair da tarde, e a exemplo das feras que começam nessa hora a afiar as unhas, o cio de homem começou a relaxar sua cintura em lassos calafrios.

Comeram cedo, pois a mãe, abatida, desejava deitar de uma vez. Tampouco houve meio de fazê-la tomar somente leite.

— Ui! Que repugnância! Não posso bebê-lo. E quer que sacrifique os últimos anos de minha vida, agora que poderia morrer contente?

Lidia não pestanejou. Tinha falado com Nébel poucas palavras, e só ao final do café o olhar desse fixou no dela; mas Lidia baixou seu olhar em seguida.

Quatro horas depois Nébel abria sem ruído a porta do quarto de Lidia.

— Quem é! — soou de repente a voz atordoada.

— Sou eu — mal murmurou Nébel.

Um movimento de roupas, como o de uma pessoa que se senta bruscamente na cama, seguiu suas palavras, e o silêncio reinou de novo. Mas quando a mão de Nébel tocou na escuridão um braço fresco, o corpo tremeu então em uma profunda sacudida.

* * *

Depois, inerte ao lado daquela mulher, que já tinha conhecido o amor antes que ele chegasse, subiu do mais recôndito da alma de Nébel o santo orgulho de, em sua adolescência, não ter tocado jamais, de não ter roubado nem um beijo sequer, à criatura que o olhava com radiante candor. Pensou nas palavras de Dostoiévski, que até esse momento não tinha compreendido: "Nada há mais belo e que fortaleça mais a vida que uma pura lembrança". Nébel a tinha guardado, essa lembrança sem mancha, pureza imaculada de seus dezoito anos, e que agora jazia ali, entregando-se ao prazer sobre uma cama de empregada.

Sentiu então sobre seu pescoço duas lágrimas pesadas, silenciosas. Ela, por sua vez, recordaria... E as lágrimas de Lidia continuavam uma depois da outra, regando como uma tumba o abominável fim de seu único sonho de felicidade.

IV

Durante dez dias a vida prosseguiu em comum, ainda que Nébel estivesse quase todo o dia afora. Por tácito acordo, Lidia e ele se encontravam muito poucas vezes sozinhos, e mesmo que à noite voltassem a se ver, passavam ainda então longo tempo calados.

Lidia mesmo tinha muito que fazer cuidando de sua mãe, prostrada finalmente. Como não havia possibilidade de reconstruir o que já estava podre, e ainda em troca do perigo imediato que ocasionasse, Nébel pensou em suprimir a morfina. Mas absteve-se uma manhã quando, entrando bruscamente na sala de jantar, surpreendeu Lidia que baixava precipitadamente as saias. Tinha na mão uma seringa, e fixou em Nébel seu olhar espantado.

— Faz muito tempo que usa isso? — perguntou ele afinal.

— Sim — murmurou Lidia, dobrando em uma convulsão a agulha.

Nébel a olhou ainda e encolheu os ombros.

No entanto, como a mãe repetia suas injeções com uma frequência terrível para afogar as dores de seus rins que a morfina acabaria por matar, Nébel decidiu tentar a salvação daquela desgraçada, subtraindo-lhe a droga.

— Octavio! Vai me matar! — clamou ela com rouca súplica. — Meu filho Octavio! Não poderia viver um dia!

— É que não viverá duas horas se lhe deixo isso! — respondeu Nébel.

— Não importa, meu Octavio! Me dê, me dê a morfina!

Nébel deixou que os braços se estendessem inutilmente a ele, e saiu com Lidia.

— Você sabe a gravidade do estado de sua mãe?

— Sim... os médicos me disseram...

Ele olhou-a fixamente.

— É que está muito pior do que imagina.

Lidia ficou lívida, e olhando para fora, afogou um soluço mordendo os lábios.

— Não há médico aqui? — murmurou.

— Aqui não, nem em dez léguas, mas vamos procurar.

Essa tarde o correio chegou quando estavam sozinhos na sala de jantar, e Nébel abriu uma carta.

— Notícias? — perguntou Lidia levantando inquieta os olhos para ele.

— Sim — respondeu Nébel, prosseguindo a leitura.

— Do médico? — retomou Lidia pouco depois, mais ansiosa ainda.

— Não, da minha mulher — ele respondeu com a voz dura, sem levantar os olhos.

Às dez da noite, Lidia chegou correndo ao quarto de Nébel.

— Octavio! Minha mãe está morrendo!...

Correram ao quarto da doente. Uma intensa palidez cadaverizava já o rosto. Tinha os lábios desmesuradamente inchados e azuis, e por entre eles escapava um remedo de palavra, gutural e à boca cheia:

— Pla... pla... pla...

Nébel viu, em seguida, sobre a mesa de cabeceira o frasco de morfina, quase vazio.

— É claro, está morrendo! Quem lhe deu isso? — perguntou.

— Não sei, Octavio! Há pouco ouvi um ruído... Certamente foi buscar no seu quarto quando não estava... mamãe, pobre mamãe!! — caiu, soluçando sobre o miserável braço que pendia até o chão.

Nébel tomou-lhe o pulso; o coração não batia mais, e a temperatura caía. Pouco depois os lábios calaram seu pla... pla, e na pele apareceram grandes manchas violetas.

À uma da manhã morreu. Nessa tarde, depois do enterro, Nébel esperou que Lidia terminasse de se vestir, enquanto os peões carregavam as malas para a carruagem.

— Toma isso — lhe disse quando estava ao seu lado, estendendo-lhe um cheque de dez mil pesos.

Lidia estremeceu violentamente, e seus olhos avermelhados se fixaram em cheio nos de Nébel. Mas ele sustentou o olhar.

— Toma, ora! — repetiu surpreendido. Lidia o tomou e abaixou-se para recolher sua valise. Nébel então se inclinou sobre ela.

— Perdoe-me — disse — Não me julgue pior do que sou.

Na estação esperaram um momento e sem falar, junto à escadinha do vagão, pois o trem não saía ainda. Quando o sino soou, Lidia lhe estendeu a mão, que Nébel reteve um momento em silêncio. Depois, sem soltá-la, tomou Lidia pela cintura e a beijou profundamente na boca.

O trem partiu. Imóvel, Nébel seguiu com a vista na janela que se perdia.

Mas Lidia apareceu.

qual dos alfinetes pertencem à Maria?

O
SOLITÁRIO

Kassim era um homem enfermiço, joalheiro de profissão, embora não tivesse sua joalheria estabelecida. Trabalhava para as grandes casas, sendo sua especialidade a montagem de pedras preciosas. Poucas mãos havia como as suas para os engastes delicados. Com mais entusiasmo e habilidade comercial, teria sido rico. Porém aos trinta e cinco anos prosseguia em seu cômodo, que servia de oficina, abaixo da janela.

Kassim, de corpo franzino, rosto exangue sombreado pela rala barba negra, tinha uma mulher bonita e muito apaixonada. A jovem, de origem pobre, pretendia com sua beleza um casamento melhor. Esperou até os vinte, provocando os homens e suas vizinhas com seu corpo. Temerosa, por fim, aceitou nervosamente Kassim.

Não mais sonhos de luxo, contudo. Seu hábil marido — artista ainda —, carecia completamente de caráter para fazer uma fortuna. Por isso, enquanto o joalheiro trabalhava encurvado sobre suas pinças, ela, de cotovelos apoiados, sustentava sobre seu marido um lento e pesado olhar, para desviá-lo depois bruscamente e seguir com o olhar através do vidro o transeunte de posição mais elevada que poderia haver sido seu marido.

Quanto ganhasse Kassim, apesar disso, era para ela. Aos domingos trabalhava também a fim de poder lhe oferecer um suplemento. Quando María desejava uma joia — e com quanta paixão desejava! — trabalhava à noite. Depois tinha tosse e pontadas nas costas, porém María tinha seus tiquinhos de brilhante. Pouco a pouco, o trato diário com as gemas chegou a fazê-la amar as tarefas do artífice, e seguia com ardor as íntimas delicadezas do engaste. Mas, quando a joia estava concluída — deveria partir, não era para ela — caía mais profundamente na decepção de seu casamento. Ela provava o adorno, detendo-se ante o espelho. Por fim a deixava por ali, e ia para seu quarto. Kassim se levantava ao ouvir os soluços, e a encontrava na cama, sem querer escutá-lo.

— Mas faço tudo o quanto posso por você — dizia ele, tristemente...

Os soluços aumentavam com isso, e o joalheiro se reinstalava lentamente em seu banco.

Essas coisas se repetiram tanto que Kassim não se levantava mais para consolá-la. Consolá-la! De quê? Mas isso não impedia Kassim de prolongar ainda mais suas vigílias a fim de um maior suplemento.

Era um homem indeciso, irresoluto e calado. Os olhares de sua mulher se detinham agora com mais pesada firmeza sobre aquela muda tranquilidade.

— E é um homem, você! — murmurava.

Kassim, sobre seus engastes, não parava de mover os dedos.

— Você não é feliz comigo, María — expressava pouco depois.

— Feliz! E tem a coragem de dizê-lo! Quem pode ser feliz contigo? Nem a última das mulheres!... Pobre diabo! — concluía com um riso nervoso, indo embora.

Kassim trabalhara nessa noite até às três da manhã, e sua mulher logo tinha novos brilhantezinhos que ela contemplaria um instante com os lábios apertados.

— Sim... Não é um diadema surpreendente!... Quando o fez?

— Desde terça-feira — olhava-a ele com descolorida ternura —; enquanto você dormia, à noite...

— Oh, podia ter se deitado!... Imensos os brilhantes!

Sua paixão eram as volumosas pedras que Kassim montava. Acompanhava o trabalho com louca fome de que o concluísse de uma vez, e, mal montava a joia, corria com ela ao espelho. Depois, um ataque de soluços:

— Todos, qualquer marido, o último, faria um sacrifício para agradar a sua mulher! E você... E você... Nem um miserável vestido para colocar eu tenho!

Quando se ultrapassa certo limite de respeito ao homem, a mulher pode chegar a dizer a seu marido coisas incríveis.

A mulher de Kassim ultrapassou esse limite com uma paixão igual, pelo menos, à que sentia pelos brilhantes. Uma tarde, ao guardar suas joias, Kassim notou a falta de um broche — cinco mil pesos em dois solitários. Procurou em suas gavetas de novo.

— Não viu o broche, María? Deixei aqui.

— Sim, eu vi.

— Onde está? — se virou surpreso.

— Aqui!

Sua mulher, os olhos acesos e a boca zombadora, se erguia com o broche posto.

— Fica muito bem em você — disse Kassim logo depois. — Vamos guardá-lo.

María riu.

— Oh, não! É meu.

— É brincadeira?...

— Sim, é brincadeira! É brincadeira, sim! Como te dói pensar que poderia ser meu... Amanhã o devolvo. Hoje vou ao teatro com ele.

Kassim se alterou.

— Faz mal... Poderiam te ver. Perderiam toda confiança em mim.

— Oh! — encerrou ela com furioso incômodo, golpeando violentamente a porta.

Voltando do teatro, ela colocou a joia sobre a mesa de cabeceira. Kassim se levantou e a guardou em sua oficina à chave. Ao voltar, sua mulher estava sentada na cama.

— Quer dizer que teme que te roube! Que sou uma ladra!

— Não veja assim... Você foi imprudente, nada mais.

— Ah! E em você confiam! Em você, em você! E quando sua mulher te pede um pouco de agrado, e quer... Me chama de ladra! Infame!

Dormiu enfim. Mas Kassim não.

Entregaram depois a Kassim, para montar, um solitário, o brilhante mais admirável que teria passado por suas mãos.

— Olha, María, que pedra! Não vi outra igual.

Sua mulher não disse nada; mas Kassim sentiu-a respirar profundamente sobre o solitário.

— Uma gema admirável... — prosseguiu ele —; custará nove ou dez mil pesos.

— Um anel! — murmurou María finalmente.

— Não, é de homem... Um alfinete.

Ao compasso da montagem do solitário, Kassim sentiu pesar sobre suas costas trabalhadoras o quanto sua mulher ardia de rancor e infantilidade frustrada. Dez vezes por dia interrompia seu marido para ir com o brilhante ante o espelho. Depois o provava com diferentes vestidos.

— Se quer, faça-o depois... — atreveu-se Kassim. — É um trabalho urgente.

Esperou resposta em vão; sua mulher abria a varanda.

— María, podem te ver!

— Toma! Aí está sua pedra!

O solitário, violentamente arrancado, rodou pelo piso. Kassim, lívido, o recolheu examinando, e depois levantou o olhar para sua mulher desde o chão.

— E, bem, por que me olha assim? Acontece algo à sua pedra?

— Não — respondeu Kassim. E retomou em seguida sua tarefa, ainda que suas mãos tremessem penosamente.

Mas teve que se levantar, por fim, para ver sua mulher no quarto, em plena crise de nervos. A cabeleira tinha se soltado e os olhos saíam-lhe das órbitas.

— Me dá o brilhante! — clamou — Me dá! Nós escaparemos! Para mim! Me dá!

— María... — gaguejou Kassim, tentando se desprender.

— Ah! — rugiu sua mulher enlouquecida. — Você é o ladrão, o miserável! Roubou minha vida, ladrão, ladrão! E achava que não ia me desquitar... Cornudo! Muito bem! — e levou as duas mãos à garganta sufocada. Mas quando Kassim saía, saltou da cama e caiu, conseguindo agarrá-lo pela botina.

— Não importa! O brilhante, me dá! Não quero mais que isso! É meu, Kassim, miserável!

Kassim a ajudou a levantar-se, lívido.

— Está doente, María. Depois falaremos... Deite-se.

— Meu brilhante!

— Bom, veremos se é possível... Deite-se.
— Me dá!

A crise de nervos retornou.

Kassim voltou a trabalhar em seu solitário. Como suas mãos tinham uma segurança matemática, faltavam poucas horas já para concluí-lo.

María se levantou para comer, e Kassim teve com ela a solicitude de sempre. Ao final do jantar sua mulher o olhou de frente.

— É mentira, Kassim — disse-lhe.
— Oh! — respondeu Kassim, sorrindo — não é nada.
— Juro que é mentira! — insistiu ela.

Kassim sorriu de novo, tocando-lhe com desajeitada carícia a mão.

E se levantou para prosseguir sua tarefa. Sua mulher, com o rosto entre as mãos, o seguiu com a vista.

— Já não me diz mais que isso... — murmurou. E com uma profunda náusea pelo pegajoso, mole e inerte que era seu marido, foi para seu quarto.

Não dormiu bem. Acordou, tarde já, e viu luz na oficina; seu marido continuava trabalhando. Uma hora depois, Kassim ouviu um grito.

— Me dá!
— Sim, é para você. Falta pouco, María — respondeu rápido, levantando-se. Mas sua mulher, depois desse grito de pesadelo, dormia de novo.

Às duas da manhã Kassim pôde dar por terminada sua tarefa; o brilhante resplandecia firme e varonil em seu engaste. Com passo silencioso foi ao quarto e acendeu a lamparina. María dormia de costas, na brancura gelada de sua camisola e do lençol.

Foi à oficina e voltou de novo. Contemplou um momento o seio quase descoberto, e com um sorriso descolorido afastou um pouco mais a camisola solta.

Sua mulher não o sentiu.

Não havia muita luz. O rosto de Kassim adquiriu de repente uma dureza de pedra, e suspendendo um instante a joia à flor do seio nu, afundou, firme e perpendicular como um prego, o alfinete inteiro no coração de sua mulher.

Houve uma brusca abertura de olhos, seguida de uma lenta queda de pálpebras. Os dedos se arquearam e nada mais.

A joia, sacudida pela convulsão do gânglio ferido, tremeu um instante desequilibrada. Kassim esperou um momento; e quando o solitário ficou por fim perfeitamente imóvel, se retirou, fechando atrás de si a porta, sem fazer ruído.

Cenas que retornam como um pesadelo

O eterno retorno de Tristão

Morte de
ISOLDA

Terminava o primeiro ato de *Tristão e Isolda*. Cansado da agitação desse dia, fiquei na minha poltrona, muito contente com a minha solidão. Voltei a cabeça à sala, e detive em seguida os olhos em um camarote baixo.

Evidentemente, um casal. Ele, um marido qualquer, e talvez por sua mercantil vulgaridade e a diferença de idade com sua mulher, menos que um qualquer. Ela, jovem, pálida, com uma dessas profundas belezas que, mais que no rosto — ainda que bem formoso —, estão em perfeita solidariedade de olhar, boca, pescoço, modo de entrecerrar os olhos. Era, sobretudo, uma beleza para homens, sem ser minimamente provocativa; e isso é precisamente o que não entenderão nunca as mulheres.

Olhei-a um longo momento a olhos descobertos porque a via muito bem, e porque quando o homem está prestes a admirar fixamente um corpo formoso, não recorre ao arbítrio feminino dos óculos.

Começou o segundo ato. Voltei ainda a cabeça ao camarote, e nossos olhares se cruzaram. Eu, que já havia apreciado o encanto daquele olhar vagando por um e outro lado da sala, vivi em segundos, ao senti-lo diretamente pousado em mim, o mais adorável sonho de amor que nunca havia tido.

Aquilo foi muito rápido; os olhos fugiram, mas duas ou três vezes, em meu longo minuto de insistência, tornaram fugazmente a mim.

Foi também com a súbita felicidade que sonhei um instante ser seu marido, o mais rápido desencanto de um idílio. Seus olhos voltaram-se outra vez, mas nesse instante senti que meu vizinho da esquerda olhava para lá, e após um momento de imobilidade de ambas as partes, se cumprimentaram.

Assim, pois, eu não tinha o mais remoto direito de me considerar um homem feliz, e observei meu companheiro. Era um homem de mais de trinta e cinco anos, barba loira e olhos azuis de olhar claro e um pouco duro, que expressava inequívoca vontade.

— Se conhecem — pensei — e não pouco.

De fato, após a metade do ato, meu vizinho, que não havia voltado a afastar os olhos do palco, os fixou no camarote. Ela, a cabeça um pouco jogada para trás, e na penumbra, o olhava também. Pareceu-me ainda mais pálida. Olharam-se fixamente, insistentemente, isolados do mundo naquela reta paralela de alma a alma que os mantinha imóveis.

Durante o terceiro ato, meu vizinho não voltou um instante a cabeça. Mas, antes de concluir aquele, saiu pelo corredor lateral. Olhei para o camarote, e ela também havia se retirado.

— Fim do idílio — pensei melancolicamente.

Ele não voltou mais, e o camarote ficou vazio.

* * *

— Sim, se repetem — sacudiu a cabeça um longo tempo. Todas as situações dramáticas podem se repetir, até mesmo as mais inverossímeis se repetem. É necessário viver, e o senhor é muito jovem... E as de seu Tristão também, o que não obsta para que tenha ali o mais elevado alarido de paixão que tenha gritado a alma humana... Eu gosto tanto dessa obra como o senhor, e talvez mais... Não me refiro, creia, ao drama de Tristão e com ele as trinta e duas situações do dogma, fora das quais todas são repetições. Não; a cena que volta como um pesadelo, os personagens que sofrem a alucinação de uma felicidade morta, é outra coisa... O senhor assistiu ao prelúdio de uma dessas repetições... Sim, já sei que se lembra... Não nos conhecíamos naquela ocasião... E precisamente ao senhor devia falar-lhe sobre isso! Mas julga mal o que viu e acreditou que era um ato meu feliz... Feliz! Ouça-me. O navio parte dentro de um momento, e desta vez não volto mais... Conto isso ao senhor como se pudesse escrever, por duas razões: primeiro, porque o senhor me parece impressionado como eu era então — unicamente no que era bom, por sorte — e segundo porque o senhor, meu jovem amigo, é perfeitamente incapaz de pretendê-la, depois do que vai ouvir. Ouça-me:

Eu a conheci há dez anos, e durante os seis meses que fui seu noivo fiz o quanto me foi possível para que fosse minha. Queria-a muito, e ela, imensamente a mim. Por isso cedeu um dia, e desde esse instante, privado de tensão, meu amor esfriou.

Nosso ambiente social era diferente, e enquanto ela se embriagava com a fortuna do meu nome — me considerava um bom moço então — eu vivia numa esfera de mundo onde era inevitável flertar com moças de sobrenome, fortuna, e às vezes muito lindas.

Uma delas flertou comigo sob os guarda-sóis de um *garden-party*[1] a um tal extremo, que me exasperei e seriamente. Mas se a minha pessoa era interessante para esses jogos, minha fortuna não conseguia assegurar-lhe o padrão necessário, e me deu a entender isso claramente.

Tinha razão, perfeita razão. Em consequência, flertei com uma amiga sua, bem mais feia, mas infinitamente menos hábil para estas torturas do tête-à-tête a dez centímetros, cuja graça exclusiva consiste em enlouquecer seu flerte, mantendo-se dono de si. E, desta vez, não foi eu quem se exasperou.

Seguro, pois, do triunfo, pensei então no modo de romper com Inês. Continuava vendo-a, e ainda que não pudesse ela enganar-se sobre a diminuição de minha paixão, seu amor era demasiado grande para não lhe iluminar os olhos de felicidade cada vez que me via entrar.

A mãe nos deixava a sós; e ainda que houvesse sabido o que se passava, teria fechado os olhos para não perder a mais vaga possibilidade de subir com sua filha a uma esfera bem mais alta.

Uma noite fui lá disposto a romper, com visível mau humor, por isso mesmo. Inês correu para abraçar-me, mas se deteve, bruscamente pálida.

— O que você tem? — me disse.

— Nada — respondi com sorriso forçado, acariciando-lhe a testa. Ela deixou-se acariciar, sem prestar atenção na minha mão e olhando-me insistentemente. Finalmente os olhos contraídos e entramos na sala.

---

[1] *Garden-party* é um encontro social ao ar livre, em jardim ou parque, mais formal que piquenique, e com o consumo de alimentos.

A mãe veio, mas sentindo céu de tormenta, ficou só um momento e desapareceu.

Romper é palavra curta e fácil; mas começá-lo...

Tínhamos nos sentado e não falávamos. Inês se inclinou, afastou minha mão de seu rosto e cravou em mim os olhos, dolorosos de angustioso exame.

— É evidente!... — murmurou.

— O quê? — perguntei friamente.

A tranquilidade do meu olhar lhe fez mais danos que minha voz, e seu rosto se alterou:

— Que já não me quer! — articulou em uma desesperada e lenta oscilação de cabeça.

— Esta é a quinquagésima vez que diz o mesmo — respondi.

Não podia ter dado resposta mais dura; mas eu já tinha o começo.

Inês me olhou — um momento quase como a um estranho, e afastando bruscamente minha mão com o cigarro, sua voz se rompeu:

— Esteban!

— Quê? — tornei a repetir.

Desta vez bastava. Deixou lentamente minha mão e se reclinou atrás no sofá, mantendo fixo no lustre seu rosto lívido. Mas um momento depois seu rosto caía de lado, sob o braço crispado no encosto.

Passou um momento ainda. A injustiça de minha atitude — não via mais que injustiça — aumentava o profundo desgosto de mim mesmo. Por isso quando ouvi, ou mais bem senti, que as lágrimas finalmente brotavam, me levantei com um violento estalo de língua.

— Eu achava que não íamos ter mais cenas — lhe disse perambulando.

Não me respondeu, e acrescentei:

— Mas que seja esta a última.

Senti que as lágrimas se detinham, e sob elas me respondeu um momento depois:

— Como quiser.

Mas em seguida caiu soluçando sobre o sofá:

— Mas o que eu te fiz! O que eu te fiz!

— Nada! — lhe respondi — Mas eu também não te fiz nada... Acho que estamos no mesmo caso. Estou farto destas coisas!

Minha voz era certamente muito mais dura que minhas palavras. Inês se levantou, e sustentando-se no braço do sofá, repetiu, gelada:

— Como quiser.

Era uma despedida. Eu ia romper, ela se adiantava. O amor próprio, o vil amor próprio atingido em cheio, me fez responder:

— Perfeitamente. Vou embora. Que sejas mais feliz... Outra vez.

Não compreendeu, e me olhou com estranheza. Eu já havia cometido a primeira infâmia; e como nesses casos, senti a vertigem de enlamear-me mais ainda.

— É claro! — apoiei brutalmente. — Porque de mim você não tem queixa... Não?

Isto é: fiz a honra de ser seu amante, e deve estar agradecida a mim.

Compreendeu mais meu sorriso que as palavras, e enquanto eu saía para buscar meu chapéu no corredor, seu corpo e sua alma desabavam na sala.

Então, nesse instante em que cruzei a galeria, senti intensamente o quanto a queria e o que acabava de fazer. Desejo de luxo, casamento superior, tudo me sobressaiu como uma chaga em minha própria alma. E eu, que me oferecia em leilão às feias mundanas com fortuna, que me punha à venda, acabava de cometer o ato mais ultrajante com a mulher que mais me amou... Fraqueza no Monte das Oliveiras, ou momento vil no homem que não o é, levam ao mesmo fim: ânsia de sacrifício, de reconquista mais alta do próprio valor. E depois, a imensa sede de ternura, de apagar beijo após beijo as lágrimas da mulher adorada, cujo primeiro sorriso depois da ferida que lhe causamos é a mais bela luz que possa inundar o coração de um homem.

E pronto! Não era possível, ante eu mesmo, voltar a tomar o que acabava de ultrajar desse modo: já não era digno dela, nem a merecia mais. Havia enlameado num segundo o amor mais puro que homem algum já tenha sentido sobre si, e acabava de perder com Inês a inencontrável felicidade de possuir a quem nos amou profundamente.

Desesperado, humilhado, passei pela porta, e a vi jogada no sofá, soluçando a alma inteira entre seus braços. Inês! Perdida já! Senti mais profunda minha miséria ante seu corpo, todo seu amor, sacudido pelos soluços de sua felicidade morta. Sem dar-me conta quase me detive.

Inês! — a chamei.

Minha voz já não era a de antes. E ela deve ter notado bem, porque sua alma sentiu, em aumento de soluços, o desesperado chamado que lhe fazia meu amor, desta vez sim, imenso amor!

— Não, não... — me respondeu — É tarde demais!

* * *

Padilla se deteve. Poucas vezes vi amargura mais seca e tranquila que a de seus olhos quando concluiu. De minha parte, não podia afastar dos meus a imagem daquela adorável cabeça do camarote, soluçando sobre o sofá.

— Acreditará em mim — retomou Padilla — se lhe disser que em minhas muitas insônias de solteiro descontente consigo mesmo a tive assim, diante de mim... Saí em seguida de Buenos Aires sem ver quase ninguém, muito menos meu flerte de grande fortuna... Voltei depois de oito anos, e soube então que tinha se casado seis meses após minha partida. Tornei a afastar-me, e regressei há um mês, bem tranquilizado já, e em paz.

Não tinha voltado a vê-la. Era para mim como um primeiro amor, com todo o encanto dignificante que um idílio virginal tem para um homem feito, que depois amou cem vezes... Se o senhor é amado alguma vez como eu fui, e ultraja como eu o fiz, compreenderá toda a pureza viril que há em minha lembrança.

Até que uma noite encontrei-a. Sim, essa mesma noite no teatro... Compreendi, ao ver seu marido, opulento dono de armazém, que tinha se precipitado em casar-se, como eu ao Ucayali[2]... Mas ao vê-la outra vez, a vinte metros de mim, me olhando, senti que em minha alma, dormida em paz, surgia sangrando a desolação de tê-la perdido, como se não tivesse passado um só dia desses dez anos. Inês! Sua beleza, seu olhar, único entre todas as mulheres, tinham sido meus, bem meus, porque me tinham sido entregues com adoração. O senhor apreciará isso também algum dia.

---

[2] Cidade no Peru.

Fiz o humanamente possível para esquecer, cerrei os dentes tentando concentrar todo meu pensamento no palco. Mas a prodigiosa partitura de Wagner, esse grito de paixão doentia, acendeu em chama viva o que queria esquecer. No segundo ou terceiro ato não pude aguentei mais e voltei a cabeça. Ela também sofria a influência de Wagner, e me olhava. Inês, minha vida! Durante meio minuto, sua boca, suas mãos, estiveram sob minha boca e meus olhos, e durante esse tempo ela concentrou em sua palidez a sensação dessa felicidade morta por dez anos. E Tristão sempre, seus gritos de paixão sobre-humana, sobre nossa tensa felicidade!

Me levantei então, atravessei as poltronas como um sonâmbulo, e avancei pelo corredor aproximando-me dela sem vê-la, sem que ela me visse, como se durante dez anos eu não tivesse sido um miserável.

E como dez anos atrás, sofri a alucinação de que tinha meu chapéu na mão e ia passar diante dela.

Passei, a porta do camarote estava aberta, e me detive enlouquecido. Como dez anos antes sobre o sofá, ela, Inês, estendida no divã da coxia, soluçando a paixão de Wagner e sua felicidade desfeita.

Inês!... Senti que o destino me colocava em um momento decisivo. Dez anos!... Mas tinham passado? Não, não, minha Inês!

E como então, ao ver seu corpo todo amor, sacudido pelos soluços, a chamei:

— Inês!

E como dez anos antes, os soluços redobraram, e como então me respondeu sob seus braços:

— Não, não... É tarde demais!...

O desespero no mar de sangue pelo chão

Estupefatos com a operação

De quem é a culpa da doença?

A
Galinha
Degolada

Todo o dia, sentados num banco no quintal, estavam os quatro filhos idiotas do casal Mazzini-Ferraz. Tinham a língua entre os lábios, os olhos estúpidos, e voltavam a cabeça com a boca aberta.

O quintal era de terra, fechado ao oeste por um muro de tijolos. O banco ficava paralelo a ele, a cinco metros, e ali se mantinham imóveis, olhos fixos nos tijolos. Como o sol se ocultava atrás do muro, ao cair, os idiotas faziam festa. A luz ofuscante chamava a atenção a princípio; pouco a pouco seus olhos se animavam; ao fim riam estrondosamente, congestionados pela mesma risada ansiosa, olhando o sol com alegria bestial, como se fosse comida.

Outras vezes, alinhados no banco, zumbiam horas inteiras, imitando o bonde elétrico. Os ruídos fortes sacudiam também sua inércia, e corriam então ao redor do quintal, mordendo a língua e mugindo. Mas quase sempre estavam apagados numa sombria letargia de idiotismo, e passavam todo o dia sentados em seu banco, com as pernas suspensas e quietas, empapando as calças de glutinosa saliva.

O mais velho tinha doze anos e o menor oito. Em todo seu aspecto sujo e desvalido, se notava a falta absoluta de um pouco de cuidado maternal.

Esses quatro idiotas, no entanto, tinham sido um dia o encanto de seus pais. Aos três meses de casados, Mazzini e Berta orientaram seu estreito amor de marido e mulher e mulher e marido, para um porvir bem mais vital: um filho. Que felicidade seria maior para dois apaixonados que essa honrada consagração de seu amor, libertado já do vil egoísmo de um mútuo amor sem fim nenhum e, o que é pior para o próprio amor, sem esperanças possíveis de renovação?

Assim sentiram Mazzini e Berta, e quando o filho chegou, aos catorze meses de casados, acreditaram que sua felicidade estava cumprida. O bebê cresceu belo e radiante, até um ano e meio. Mas no vigésimo mês, numa noite, convulsões terríveis abalaram-no, e na manhã seguinte não reconhecia mais seus pais. O médico o examinou com essa atenção profissional de quem está visivelmente procurando a causa do mal nas doenças dos pais.

Após alguns dias os membros paralisados recobraram o movimento; mas a inteligência, a alma, mesmo o instinto, haviam sumido por completo. Tinha ficado profundamente idiota, bobo, aéreo, morto para sempre sobre os joelhos de sua mãe.

— Filho, meu filho querido! — soluçava sobre aquela horrível ruína de seu primogênito.

O pai, desolado, acompanhou o médico para fora da casa.

— Para você posso dizer: acho que é um caso perdido. Poderá melhorar, educar-se em tudo o que permita seu idiotismo, mas não mais que isso.

— Sim!... Sim!... — assentia Mazzini — Mas diga-me: O senhor crê que é herança, que...?

— Quanto à herança paterna, já lhe disse o que acho quando vi seu filho. Com respeito à mãe, há ali um pulmão que não sopra bem. Não vejo nada mais, mas há um sopro um pouco pesado. Faça-a ser examinada detidamente.

Com a alma despedaçada de remorso, Mazzini redobrou o amor a seu filho, o pequeno idiota que pagava os excessos do avô. Teve também que consolar, sustentar sem trégua Berta, ferida no mais profundo por aquele fracasso de sua jovem maternidade.

Como é natural, o casal pôs todo seu amor na esperança de outro filho. Nasceu esse, e sua saúde e limpidez de riso reacenderam o porvir extinto. Mas, aos dezoito meses as convulsões do primogênito repetiam-se, e no dia seguinte amanheceu idiota.

Dessa vez os pais caíram em fundo desespero. Depois seu sangue, seu amor estavam malditos! Seu amor, sobretudo! Vinte e oito anos ele, vinte e dois ela, e toda sua apaixonada ternura não era capaz de criar um átomo de vida normal. Já não pediam mais beleza ou inteligência como no primogênito; mas um filho, um filho como todos!

Do novo desastre brotaram novas labaredas de dolorido amor, um louco anseio de redimir de uma vez por todas a santidade de sua ternura. Sobrevieram gêmeos, e ponto por ponto repetiu-se o processo dos dois mais velhos.

Mas, acima de sua imensa amargura, restava em Mazzini e Berta uma grande compaixão por seus quatro filhos. Tiveram que arrancar do limbo da mais profunda animalidade não mais suas almas, senão o próprio instinto abolido.

Não sabiam deglutir, mudar de lugar, nem mesmo sentar-se. Aprenderam, por fim, a caminhar, mas se chocavam contra tudo, por não se darem conta dos obstáculos. Quando os lavavam, mugiam até se encher de sangue o rosto. Animavam-se só ao comer ou quando viam cores brilhantes ou ouviam trovões. Riam então, colocando para fora a língua e rios de baba, radiantes de frenesi bestial. Tinham, por outro lado, certa faculdade imitativa; mas não se pôde obter nada mais.

Com os gêmeos pareceu ter acabado a aterradora descendência. Mas passados três anos, Mazzini e Berta desejaram mais uma vez ardentemente outro filho, confiando que o longo tempo decorrido tivesse aplacado a fatalidade.

Não satisfaziam suas esperanças. E nesse ardente anseio que se exasperava em razão de sua infrutuosidade, se irritaram. Até esse momento cada qual tinha tomado sobre si a parte que lhe correspondia na miséria de seus filhos; mas a desesperança de redenção ante as quatro bestas que tinham nascido deles acendeu essa imperiosa necessidade de culpar o outro, que é patrimônio específico dos corações inferiores.

Iniciaram com a mudança de pronomes: seus filhos.

E como além dos insultos havia a insidia, a atmosfera pesava.

— Parece-me — disse-lhe Mazzini uma noite, quando acabava de entrar e lavava as mãos — que você poderia manter os meninos mais limpos.

Berta continuou lendo como se não tivesse ouvido.

— É a primeira vez — respondeu pouco depois — que te vejo incomodar-se com o estado de seus filhos.

Mazzini voltou um pouco o rosto para ela com um sorriso forçado:

— De nossos filhos, parece-me...

— Bom, de nossos filhos. Melhor assim? — alçou ela os olhos. Desta vez Mazzini se expressou claramente:

— Acho que não vai me dizer que eu tenho a culpa, não?

— Ah, não! — sorriu Berta, muito pálida — mas eu também não, suponho... Não me faltava mais nada! — murmurou.

— O que não te faltava mais?

— Se alguém tem culpa não sou eu, entenda bem! Isso é o que eu queria te dizer.

Seu marido a olhou um momento, com brutal desejo de insultá-la.

— Vamos esquecer! — disse finalmente, secando as mãos.

— Como quiser; mas se quer dizer...

— Berta!

— Como quiser!

Esse foi o primeiro choque e sucederam-se outros. Mas nas inevitáveis reconciliações suas almas uniam-se com dobrado arrebatamento e ânsia por outro filho.

Nasceu assim uma menina. Viveram dois anos com a angústia à flor da alma, esperando sempre outro desastre.

Nada aconteceu, no entanto, e os pais puseram nela toda sua complacência, que a pequena levava aos mais extremos limites do mimo e a má criação.

Se ainda nos últimos tempos Berta cuidava sempre de seus filhos, ao nascer Bertita esqueceu-se quase completamente dos outros. Somente sua lembrança já a horrorizava, como algo atroz que a tivessem obrigado a cometer. Com Mazzini, ainda que em grau menor, acontecia o mesmo. Nem por isso a paz tinha chegado a suas almas. A menor indisposição de sua filha despertava, pelo medo de perdê-la, os rancores de sua descendência podre. Tinham acumulado tantas amarguras, durante tanto tempo, que ao menor contato com o veneno o copo transbordava. Desde o primeiro desgosto envenenado, haviam perdido o respeito; e se há algo para o qual se sente arrastado um homem com cruel fruição é quando já começou a humilhar profundamente uma pessoa. Antes se continham pela mútua falta de êxito; agora que esse tinha chegado, cada qual, o atribuindo a si mesmo, sentia maior infâmia pelos quatro monstros que o outro o havia forçado a criar.

Com esses sentimentos, não houve para os quatro filhos mais velhos a menor possibilidade de afeto. A empregada os vestia, lhes dava de comer, os deitava, com visível brutalidade. Não os lavavam quase nunca. Passavam quase todo o dia sentados em frente ao muro, abandonados de toda remota carícia.

Desse modo, Bertita completou quatro anos, e nessa noite, como resultado das guloseimas que era aos pais absolutamente impossível lhe negar, a criança teve alguns calafrios e febre. E o temor a vê-la morrer ou ficar idiota tornou a reabrir a eterna chaga.

Fazia três horas que não falavam, e o motivo foi, como quase sempre, os fortes passos de Mazzini.

— Meu Deus! Não pode caminhar mais devagar? Quantas vezes...?

— Bom, é que me esqueço; acabou! Não faço de propósito.

Ela sorriu, desdenhosa:

— Não, não acredito tanto em você!

— Nem eu jamais acreditei tanto em você... Tisiquinha!

— Quê! O que você disse?

— Nada!

— Sim, eu ouvi algo! Olha, não sei o que você disse, mas te juro que prefiro qualquer coisa a ter um pai como o seu!

Mazzini ficou pálido.

— Enfim! — murmurou com os dentes apertados. — Enfim, víbora, disse o que queria dizer!

— Sim, víbora, sim! Mas eu tive pais sãos! Ouviu? Sãos! Meu pai não morreu de delírio! Eu poderia ter tido filhos como os de todo mundo! Esses são seus filhos, os quatro são seus!

Mazzini explodiu a sua vez:

— Víbora tísica! Isso é o que eu disse, o que eu quero dizer! Pergunte, pergunte ao médico quem tem a maior culpa da meningite de seus filhos: meu pai ou seu pulmão esburacado, víbora!

Continuaram cada vez com maior violência, até que um gemido de Bertita selou instantaneamente suas bocas. A uma da manhã a ligeira indigestão tinha desaparecido e, como acontece fatalmente com todos os casais jovens que se amaram intensamente ao menos uma vez, a reconciliação chegou, tanto mais efusiva quanto infames foram as ofensas.

Amanheceu um esplêndido dia, e quando Berta se levantou, cuspiu sangue. As emoções e a má noite passada tinham, sem dúvida, sua grande culpa. Mazzini a reteve abraçada por longo tempo, e ela chorou desesperadamente, mas sem que nenhum se atrevesse a dizer uma palavra.

Às dez decidiram que iriam sair depois de almoçar. Como mal tinham tempo, ordenaram à empregada que matasse uma galinha.

O dia radiante tinha arrancado os idiotas de seu banco. De maneira que enquanto a empregada degolava na cozinha o animal, dessangrando-o com parcimônia (Berta tinha aprendido com sua mãe esse bom modo de conservar a frescura da carne), achou que sentiu algo como uma respiração atrás dela. Virou-se, e viu os quatro idiotas, com os ombros colados um ao outro, olhando estupefatos a operação. Vermelho... vermelho...

— Senhora! Os meninos estão aqui na cozinha.

Berta chegou. Não queria que jamais pisassem ali. Nem mesmo nesse momento de pleno perdão, esquecimento e felicidade reconquistada podia ser evitada essa horrível visão! Porque, naturalmente, quanto mais intensos eram os arroubos de amor a seu marido e filha, mais irritado era seu humor com os monstros.

— Que saiam, María! Expulse-os! Expulse-os, estou mandando!

As quatro bestas, sacudidas, brutalmente empurradas, voltaram para seu banco.

Depois de almoçar saíram todos. A empregada foi a Buenos Aires e o casal passear pelas quintas. Ao cair do sol voltaram, mas Berta quis cumprimentar, rapidamente, suas vizinhas da frente. Sua filha escapou, de repente, para a casa.

Os idiotas, entretanto, não haviam se movido o dia todo de seu banco. O sol já tinha transposto o muro, começava a se pôr, e eles continuavam olhando os tijolos, mais inertes que nunca.

De repente, algo se interpôs entre seu olhar e o muro. Sua irmã, cansada de cinco horas em companhia dos pais, queria observar por sua conta. Parada, ao pé do muro, olhava para o cume, pensativa. Queria subir, não havia dúvida. Por fim, decidiu pegar uma cadeira sem fundo, mas faltava ainda. Recorreu, então, a um caixote de querosene, e seu instinto topográfico a fez colocar o móvel na vertical, com o qual triunfou.

Os quatro idiotas, de olhar indiferente, viram como sua irmã conseguia pacientemente dominar o equilíbrio, e como, na ponta dos pés, apoiava a garganta sobre o cume do muro, entre suas mãos esticadas. Viram-na olhar para todos os lados, e buscar apoio com o pé para se alçar mais.

Mas o olhar dos idiotas tinha se animado; uma mesma luz insistente estava fixa em suas pupilas. Não tiravam os olhos de sua irmã, enquanto uma crescente sensação de gula bestial ia mudando cada linha de seus rostos. Lentamente avançaram para o muro. A pequena, que tendo conseguido apoiar o pé já ia montar escarranchada e cair do outro lado, seguramente, sentiu-se agarrada por uma perna. Embaixo dela, os oito olhos fincados nos seus lhe deram medo.

— Me solta! Me deixa! — gritou sacudindo a perna. Mas foi puxada.

— Mamãe! Ai, mamãe! Mamãe, papai! — chorou imperiosamente. Tentou ainda segurar-se à borda, mas sentiu-se arrancada e caiu.

— Mamãe! Ai, ma...— Não pôde gritar mais. Um deles lhe apertou o pescoço, apartando-lhe os cachos como se fossem plumas, e os outros a arrastaram por uma das pernas até a cozinha, onde naquela manhã a galinha havia sido dessangrada, bem segura, arrancando-lhe a vida segundo por segundo.

Mazzini, na casa da frente, achou ter ouvido a voz da filha.

— Parece-me que está te chamando — disse a Berta.

Prestaram atenção, inquietos, mas não ouviram mais. Contudo, logo depois se despediram, e enquanto Berta ia guardar seu chapéu, Mazzini avançou ao quintal:

— Bertita!

Ninguém respondeu.

— Bertita! — levantou a voz, já alterada.

E o silêncio foi tão fúnebre para seu coração sempre aterrorizado, que suas costas gelaram de horrível pressentimento.

— Minha filha, minha filha! — correu já desesperado para o fundo. Mas ao passar em frente à cozinha viu no piso um mar de sangue. Empurrou violentamente a porta entreaberta e lançou um grito de horror.

Berta, que já tinha começado a correr, ao ouvir o angustioso chamado do pai, ouviu o grito e respondeu com outro. Mas, ao precipitar-se à cozinha, Mazzini, lívido como a morte, se interpôs, contendo-a:

— Não entre! Não entre!

Berta conseguiu ver o piso inundado de sangue. Só pôde jogar seus braços sobre a cabeça e desabar junto a ele com um rouco suspiro.

Será que ao aceitar o destino de que estamos todos fadados a nos tornar um navio errante, estaríamos sabedores de nos lançarmos ao mar?

Os
BARCOS SUICIDAS

Com certeza, existem poucas coisas mais terríveis que encontrar no mar um barco abandonado. Se de dia o perigo é menor, à noite não se vê o barco e nem há advertência possível: o choque leva um e outro.

Esses barcos, abandonados por "a" ou por "b", navegam obstinadamente a favor das correntes ou do vento se têm as velas desfraldadas. Percorrem assim os mares, mudando caprichosamente de rumo.

Não são poucos os vapores que, um belo dia, não chegaram ao porto por terem topado em seu caminho com um desses barcos silenciosos que viajam por sua conta. Sempre há a probabilidade de achá-los a cada minuto. Por sorte, as correntes costumam enredá-los aos mares de sargaço. Os barcos se detêm, por fim, aqui ou lá, imóveis para sempre nesse deserto de águas. Assim, até que pouco a pouco vão se desfazendo. Mas outros chegam a cada dia, ocupam seu lugar em silêncio, de modo que o tranquilo e lúgubre porto sempre é frequentado.

O principal motivo desses abandonos de barcos são, sem dúvida, as tempestades e os incêndios que deixam à deriva negros esqueletos errantes. Mas há outras causas singulares, entre as quais se pode incluir o que aconteceu ao *María Margarita*, que zarpou de Nova York em 24 de agosto de 1903, e que na manhã do dia 26 se comunicou com uma corveta, sem acusar novidade alguma. Quatro horas mais tarde, um vapor, não tendo resposta, mandou uma chalupa que abordou o *María Margarita*. No barco não havia ninguém. As camisetas dos marinheiros secavam na proa. Na cozinha, o fogão ainda estava aceso. Uma máquina de costurar tinha a agulha suspensa sobre a costura, como se tivesse sido deixada momentos antes. Não havia o menor sinal de luta nem de pânico, tudo em perfeita ordem. Mas não havia ninguém. O que aconteceu?

Na noite em que fiquei sabendo disso, estávamos reunidos na cabine de comando. Íamos para a Europa e o capitão nos contava sua história marinha, perfeitamente verdadeira, por outro lado.

O público feminino, atraído pela sugestão das ondas sussurrantes, ouvia estremecido. As moças nervosas prestavam, sem querer, inquieta atenção à voz rouca dos marinheiros na proa. Uma senhora muito jovem e recém-casada se atreveu:

— Não serão águias...?

O capitão sorriu bondosamente:

— Como, senhora? Águias que levam toda uma tripulação?

Todos riram e a jovem fez o mesmo, um pouco envergonhada.

Felizmente, um passageiro sabia algo sobre isso. Olhamos para ele curiosamente. Durante a viagem havia sido um excelente companheiro, admirando por sua conta e risco, e falando pouco.

— Ah! Então nos conte, senhor! — suplicou a jovem das águias.

— Não há inconveniente — assentiu o discreto indivíduo —. Em duas palavras: "Nos mares do norte, como o *María Margarita* do capitão, encontramos uma vez um barco a velas. Nosso rumo — também viajávamos com velas — nos levou quase a seu lado. O singular aspecto de abandono, que não engana num barco, chamou nossa atenção, e diminuímos a marcha observando-o. Finalmente enviamos uma chalupa; a bordo não se achou ninguém, e tudo estava também em perfeita ordem. Mas a última anotação do diário datava de quatro dias atrás, de maneira que não sentimos maior impressão. Até ríamos um pouco dos famosos desaparecimentos súbitos.

Oito de nossos homens ficaram a bordo para governar o barco. Viajaríamos de conserva. Ao anoitecer o barco abriu um pouco de distância. No dia seguinte o alcançamos, mas não vimos ninguém na cabine. Mandamos de novo a chalupa, e os que foram percorreram em vão o navio: todos haviam desaparecido. Nem um objeto fora de lugar. O mar estava absolutamente limpo em toda sua extensão. Na cozinha, uma panela com batatas ainda fervia.

Como os senhores compreenderão, o terror supersticioso de nossa gente chegou a seu ápice. Algum tempo depois, seis se animaram a preencher o vazio, e eu fui com eles. Mal chegamos a bordo, meus novos colegas decidiram beber para desterrar toda preocupação. Estavam sentados em roda e rapidamente a maioria já cantava.

Chegou o meio-dia e passou a sesta. Às quatro, a brisa cessou e as velas caíram. Um marinheiro se aproximou da borda e olhou o mar oleoso. Todos tinham levantado, passeando, já sem vontade de falar. Um se sentou em um cabo enrolado e tirou a camiseta para remendá-la. Costurou um momento em silêncio. De repente, se levantou e lançou um longo assobio. Seus colegas se voltaram. Ele os olhou vagamente, surpreso também, e se sentou de novo. Um momento depois deixou a camiseta no cabo enrolado, avançou para a borda e se atirou na água. Ao ouvir o ruído, os outros viraram a cabeça, com o cenho ligeiramente franzido. Em seguida se esqueceram, voltando à apatia comum.

Pouco depois outro se espreguiçou, esfregou os olhos caminhando e se atirou na água. Passou meia hora; o sol ia caindo. Senti de repente que me tocavam no ombro.

— Que horas são?

— Cinco horas — respondi. O velho marinheiro que me havia feito a pergunta me olhou desconfiado, com as mãos nos bolsos, recostando-se na minha frente. Olhou um longo momento minhas calças, distraído. Finalmente se atirou na água.

Os três que ficaram se aproximaram rapidamente e observaram o redemoinho. Se sentaram na borda assobiando devagar com a vista perdida ao longe. Um se abaixou e deitou no convés, cansado. Os outros desapareceram um após o outro. Às seis o último (se levantou, ajeitou a roupa) afastou o cabelo da testa, caminhou ainda com sono, e atirou-se na água.

Então fiquei só, olhando como um idiota o mar deserto. Todos, sem saber o que faziam, tinham se atirado ao mar, envolvidos num sonambulismo mórbido que flutuava no navio. Quando um se atirava na água, os outros se voltavam, momentaneamente preocupados, como se recordassem algo, para esquecer em seguida. Assim tinham desaparecido todos, e suponho que o mesmo se passou com os outros no dia anterior, e aos outros e aos dos demais barcos. Isso é tudo."

Ficamos olhando o estranho homem com excessiva curiosidade.

— E o senhor não sentiu nada? — perguntou-lhe meu vizinho de camarote.

— Sim; uma grande falta de vontade e obstinação pelas mesmas ideias, porém nada mais. Não sei por que não senti nada mais. Presumo que o motivo é este: em vez de esgotar-me em uma defesa angustiosa e a qualquer custo contra o que sentia, como devem ter feito todos, e também os marinheiros sem se dar conta, aceitei simplesmente essa morte hipnótica, como se já estivesse anulado. Algo muito semelhante deve ter acontecido sem dúvida às sentinelas daquela célebre guarda que noite após noite se enforcavam.

Como o comentário era bastante complicado, ninguém respondeu. Pouco depois o narrador se retirava para o seu camarote. O capitão o seguiu por um momento, olhando de canto.

— Farsante! — murmurou.

— Pelo contrário — disse um passageiro doente, que ia morrer em sua terra. — Se fosse farsante não teria deixado de pensar nisso, e também teria se atirado na água.

> Alucinações, confusas e flutuantes [...], que depois desceram ao nível do chão.

O TRAVESSEIRO de PLUMAS

Sua lua de mel foi como um longo calafrio. Loira, angelical e tímida, o caráter duro de seu marido gelou suas sonhadas criancices de noiva. No entanto, ela o amava muito, às vezes sentia um ligeiro estremecimento, quando voltando à noite, juntos pela rua, lançava um furtivo olhar à alta estatura de Jordán, mudo há quase uma hora. Ele, por sua vez, a amava profundamente, sem demonstrar.

Durante três meses — tinham se casado em abril — viveram uma felicidade especial.

Sem dúvida ela teria desejado menos severidade nesse rígido céu de amor, uma ternura mais expansiva e incauta ternura; porém o impassível semblante de seu marido a continha sempre.

A casa em que viviam influía muito em seus estremecimentos. A brancura do quintal silencioso — frisos, colunas e estátuas de mármore — produzia uma outonal impressão de palácio encantado. Dentro, o brilho glacial do estuque, sem o mais leve arranhão nas altas paredes, afirmava aquela sensação desagradável de frio. Ao atravessar de um cômodo para outro, os passos faziam eco em toda a casa, como se um longo abandono tivesse sensibilizado sua ressonância.

Nesse estranho ninho de amor, Alicia passou todo o outono. Contudo, tinha decidido jogar um véu sobre seus antigos sonhos, e ainda vivia adormecida na casa hostil, sem querer pensar em nada até a chegada do marido.

Não é estranho que emagrecesse. Teve um ligeiro ataque de gripe que se arrastou insidiosamente dias e dias; Alicia não se recompunha nunca. Por fim, numa tarde pôde sair ao jardim apoiada no braço de seu marido. Olhava indiferente de um lado para o outro. De repente Jordán, com profunda ternura, passou lentamente a mão por sua cabeça, e Alicia rompeu em seguida em soluços, enlaçando seu pescoço com os braços. Chorou longamente todo seu espanto calado, redobrando o pranto à menor tentativa de carícia. Logo os soluços foram retardando-se, e ficou ainda um longo momento escondida em seu pescoço, sem se mover nem pronunciar uma palavra.

Foi esse o último dia que Alicia esteve em pé. No dia seguinte amanheceu desvanecida. O médico de Jordán a examinou com suma atenção, recomendando-lhe calma e descanso absolutos.

— Não sei — disse a Jordán na porta de rua, com a voz ainda baixa. — Tem uma grande debilidade que não entendo. E sem vômitos, nada... Se amanhã ela acordar como hoje, me chame em seguida.

No outro dia Alicia piorou. Consultaram-na. Constatou-se uma anemia aguda já desenvolvida, completamente inexplicável. Alicia não teve mais desmaios, mas caminhava visivelmente para a morte. O quarto estava com as luzes acesas o dia todo, e em pleno silêncio. Passavam-se horas sem que se ouvisse o menor ruído. Alicia cochilava. Jordán ficava na sala, também com todas as luzes acesas. Atravessava sem cessar de um extremo a outro, com incansável obstinação. O tapete abafava seus passos. Às vezes entrava no quarto e prosseguia seu mudo vaivém ao longo da cama, olhando sua mulher cada vez que caminhava em sua direção.

Logo Alicia começou a ter alucinações, confusas e flutuantes a princípio, e que depois desceram ao nível do chão. A jovem, com os olhos desmesuradamente abertos, não fazia senão olhar o tapete de um lado ao outro da cabeceira da cama. Uma noite, de repente, ficou olhando fixamente. Pouco depois abriu a boca para gritar, e seu nariz e lábios se cobriram de gotículas de suor.

— Jordán! Jordán! — clamou, rígida de espanto, sem deixar de olhar o tapete.

Jordán correu ao dormitório, e ao vê-lo aparecer Alicia iniciou uma gritaria de horror.

— Sou eu, Alicia, sou eu!

Alicia o olhou com cansaço, olhou o tapete, voltou a olhá-lo, e após longo momento de estupefata confrontação, se acalmou. Sorriu e tomou a mão do marido entre as suas, acariciando-a por meia hora, tremendo.

Entre suas alucinações mais perversas, viu um antropoide apoiado no tapete sobre os próprios dedos, que mantinha os olhos fixos nela.

Os médicos voltaram inutilmente. Havia ali, diante deles, uma vida que se acabava, dessangrando-se dia a dia, hora após hora, sem saber absolutamente como. Na última consulta, Alicia permanecia imóvel enquanto eles a examinavam, passando de um para o outro a boneca inerte. Observaram-na por longo tempo em silêncio e foram para a sala de jantar.

— Pst... — seu médico encolheu os ombros, desalentado. — É um caso sério... Pouco há que fazer.

— Só me faltava isso! — bufou Jordán. E tamborilou bruscamente sobre a mesa.

Alicia foi extinguindo-se em subdelírio de anemia, agravado à tarde, mas que cedia sempre nas primeiras horas. Durante o dia sua doença não avançava, mas a cada manhã amanhecia lívida, quase em síncope. Parecia que unicamente à noite a vida lhe saía em novas ondas de sangue. Ao acordar tinha sempre a sensação de haver desabado na cama com um milhão de quilos em cima. Desde o terceiro dia este afundamento não a abandonou mais. Mal podia mover a cabeça. Não quis que lhe arrumassem a cama, nem que lhe ajeitassem o travesseiro. Seus terrores crepusculares avançaram em forma de monstros que se arrastavam até a cama e subiam dificultosamente pela colcha.

Depois perdeu os sentidos. Nos dois dias finais delirou sem cessar à meia-voz. As luzes continuavam funestamente acesas no quarto e na sala. No silêncio agônico da casa, não se ouvia mais que o delírio monótono que saía da cama, e o rumor afogado dos eternos passos de Jordán.

Alicia morreu, finalmente. A empregada, quando entrou depois para desfazer a cama, já vazia, olhou intrigada por um momento o travesseiro.

— Senhor — chamou Jordán baixinho —, no travesseiro há manchas que parecem sangue.

Jordán se aproximou rapidamente e se inclinou sobre o travesseiro. Efetivamente, sobre a fronha, de ambos os lados da cava que tinha deixado a cabeça de Alicia, se viam manchinhas escuras.

— Parecem picadas — murmurou a empregada após um momento de imóvel observação.

— Levante-o contra a luz. — disse Jordán.

A empregada levantou o travesseiro, mas em seguida o deixou cair, e ficou olhando aquilo, lívida e tremendo.

Sem saber por quê, Jordán sentiu que seus cabelos se arrepiavam.

— O que foi? — murmurou com a voz rouca.

— Pesa muito — disse a empregada, sem deixar de tremer.

Jordán o levantou; pesava extraordinariamente. Saíram com ele, e sobre a mesa da sala de jantar Jordán cortou a fronha e seu envoltório com um único corte profundo. As plumas superiores voaram, e a empregada deu um grito de horror com a boca aberta, levando as mãos crispadas à cabeça. Sobre o fundo, entre as plumas, movendo lentamente as patas peludas, tinha um animal monstruoso, uma bola viva e viscosa. Estava tão inchado que mal se lhe notava a boca.

Noite após noite, desde que Alicia tinha caído de cama, tinha aplicado sigilosamente sua boca — sua trompa, melhor dizendo — às têmporas de Alicia, sugando-lhe o sangue. A picada era quase imperceptível. A remoção diária do travesseiro tinha impedido, em princípio, seu desenvolvimento; mas desde que a jovem não pôde mais se mover, a sucção foi vertiginosa. Em cinco dias, em cinco noites, tinha esvaziado Alicia.

Esses parasitas das aves, diminutos no médio habitual, em certas condições chegam a adquirir proporções enormes. O sangue humano parece ser-lhes particularmente favorável, e não é raro achá-los nos travesseiros de plumas.

três anos?
dois anos e
nove meses?
oito meses
e meio?

À DERIVA

O homem pisou algo mole e em seguida sentiu a picada no pé. Saltou adiante, e ao voltar-se com um palavrão, viu uma jararacuçu que, enrolada sobre si mesma, esperava outro ataque.

O homem deu uma rápida olhada em seu pé, onde duas gotículas de sangue engrossavam dificultosamente, e sacou o facão da cintura. A víbora viu a ameaça, e afundou mais a cabeça no centro de sua espiral; mas o facão caiu sobre suas costas, deslocando-lhe as vértebras.

O homem se abaixou até a picada, tirou as gotículas de sangue, e durante um instante contemplou. Uma dor aguda nascia dos dois pontinhos violetas, e começava a invadir todo o pé. Apressadamente atou o tornozelo com seu lenço e seguiu pela trilha até seu rancho.

A dor no pé aumentava, com sensação de tenso inchaço, e de repente o homem sentiu duas ou três fulgurantes pontadas que, como relâmpagos, tinham irradiado desde a ferida até a metade da panturrilha. Movia a perna com dificuldade; uma metálica secura na garganta, seguida de sede abrasadora, lhe arrancou um novo palavrão.

Chegou finalmente ao rancho, e se jogou de braços sobre a roda de um moinho. Os dois pontinhos violetas desapareciam agora no monstruoso inchaço do pé inteiro. A pele parecia mais fina e a ponto de ceder, de tão tensa.

Quis chamar sua mulher, e a voz se rompeu em um ronco arrastado de garganta ressecada. A sede o devorava.

— Dorotea! — conseguiu soltar em estertor — Me dá aguardente!

Sua mulher correu com um copo cheio, que o homem sorveu em três goles. Mas não tinha sentido gosto algum.

— Pedi aguardente, não água! — rugiu de novo — Me dá aguardente!

— Mas é aguardente, Paulino! — protestou a mulher, espantada.

— Não, você me deu água! Quero aguardente, te disse!
— A mulher correu outra vez, voltando com o garrafão. O homem bebeu dois copos, um depois do outro, mas não sentiu nada na garganta.

— Bom... isso está feio... — murmurou então, olhando seu pé, lívido e já com lustre gangrenoso. Sobre a profunda amarra do lenço, a carne transbordava como uma monstruosa morcela.

As dores fulgurantes se sucediam em contínuos relampejos, e chegavam agora à virilha. A atroz secura da garganta, que a respiração parecia aquecer mais, aumentava simultaneamente. Quando pretendeu reerguer-se, um fulminante vômito o manteve por meio minuto com a testa apoiada na roda de madeira.

Mas o homem não queria morrer, e descendo até a costa subiu em sua canoa. Sentou-se na popa e começou a remar até o centro do Paraná.[1] Ali a corrente do rio, que nas imediações do Iguaçu corre por seis milhas, o levaria antes de cinco horas a Tacurú-Pucú.

---

[1] Rio Paraná.

O homem, com sombria energia, pôde efetivamente chegar até o meio do rio, mas ali suas mãos dormentes deixaram cair o remo na canoa, e depois de um novo vômito — de sangue desta vez — dirigiu o olhar ao sol que já traspunha o monte.

A perna inteira, até o meio da coxa, era já um bloco disforme e duríssimo que rebentava a roupa. O homem cortou a atadura e abriu a calça com sua faca: o baixo ventre transbordava inchado, com grandes manchas lívidas e terrivelmente dolorido. O homem pensou que não poderia jamais chegar sozinho a Tacurú-Pucú, e decidiu pedir ajuda a seu compadre Alves, ainda que fizesse muito tempo que estavam desentendidos.

A corrente do rio se precipitava agora para a costa brasileira, e o homem pôde facilmente atracar. Se arrastou pela trilha encosta acima; mas a vinte metros, exausto, ficou estendido de peito.

— Alves! — gritou com quanta força pôde; e prestou atenção em vão — Compadre Alves! Não me negue este favor! — exclamou de novo, erguendo a cabeça do chão. No silêncio da selva não se ouviu um só ruído. O homem ainda teve força de chegar até sua canoa, e a corrente, apanhando-a de novo, a levou velozmente à deriva.

O Paraná corre ali no fundo de um imenso vale, cujas paredes, com cem metros de altura, estreitam funestamente o rio. Das margens, limitadas por blocos negros de basalto, cresce o bosque, também negro. Adiante, nas encostas, atrás, a eterna muralha lúgubre, em cujo fundo o rio remoinha e se precipita em incessantes borbulhas de água lamacenta. A paisagem é agressiva, e reina ali um silêncio de morte. Ao entardecer, no entanto, sua beleza sombria e calma torna-se uma majestade única.

O sol já tinha se posto quando o homem, semiestendido no fundo da canoa, teve um violento calafrio. E de repente, com assombro, endireitou pesadamente a cabeça: sentia-se melhor. Somente a perna ainda doía, a sede diminuía, e seu peito, livre já, se abria em lenta inspiração.

O veneno começava a dissipar-se, não tinha dúvida. Se achava quase bem, e ainda que não tivesse forças para mover a mão, contava com a queda do orvalho para repor-se totalmente. Calculou que antes de três horas estaria em Tacurú-Pucú.

O bem-estar avançava, e com ele uma sonolência cheia de lembranças. Já não sentia mais nada, nem na perna nem no ventre. Seu compadre Gaona moraria ainda em Tacurú-Pucú? Talvez visse, também, o seu ex-patrão mister Dougald, e o recebedor da obrage?[2]

Chegaria logo? O céu, ao poente, se abria agora em tela de ouro, e o rio avermelhou-se também. Desde a costa paraguaia, já escurecida, o monte deixava cair sobre o rio seu frescor crepuscular, em penetrantes aromas de flor de laranjeira e mel silvestre. Um casal de araras atravessou muito alto e em silêncio para o Paraguai.

Lá embaixo, sobre o rio de ouro, a canoa derivava velozmente, girando às vezes sobre si mesma ante a borbulha de um redemoinho. O homem que ia nela se sentia cada vez melhor, e pensava, entretanto, no tempo justo que havia passado sem ver seu ex-patrão Dougald. Três anos? Talvez não, não tanto. Dois anos e nove meses? Talvez. Oito meses e meio? Isso sim, seguramente.

De repente sentiu que estava gelado até o peito.

---

[2] Lugar de corte e preparo de madeira junto à margem do rio.

O que seria? E a respiração...

O recebedor de madeiras de mister Dougald, Lorenzo Cubilla, o havia conhecido em Puerto Esperanza, em uma sexta-feira santa... Sexta-feira? Sim, ou quinta-feira...

O homem esticou lentamente os dedos da mão.

— Em uma quinta-feira...

E parou de respirar.

Vem oublie vez !

A INSOLAÇÃO

O filhote Old saiu pela porta e atravessou o quintal com passo reto e preguiçoso. Se deteve no limite do pasto, esticou-se, entrecerrando os olhos, o nariz inquieto, e se sentou tranquilo. Via a monótona planície do Chaco, com suas alternativas de campo e monte, monte e campo, sem mais cor que o creme do pasto e o negro do monte. Esse fechava o horizonte, a duzentos metros, pelos três lados da chácara. Para o oeste, o campo se alargava e estendia numa clareira, mas que a inevitável linha sombria emoldurava ao longe.

Nas primeiras horas do dia, o horizonte, ofuscante à luz do meio-dia, adquiria repousada nitidez. Não havia uma nuvem nem um sopro de vento. Sob a calma do céu prateado, o campo emanava uma tônica frescura que trazia à alma pensativa, ante a certeza de outro dia de seca, melancolias de trabalho melhor compensado.

Milk, o pai do filhote, atravessou o quintal e se sentou ao lado daquele, com preguiçoso gemido de bem-estar. Ambos permaneciam imóveis, pois ainda não tinha moscas.

Old, que olhava já algum tempo para o lado do monte, observou:

— A manhã é fresca.

Milk seguiu o olhar do filhote e ficou com a vista fixa, piscando distraído. Após um momento, disse:

— Naquela árvore há dois falcões.

Voltaram o olhar indiferentes a um boi que passava, e continuaram olhando as coisas por costume.

Entretanto, o oriente começava a empurpurar-se em leque e o horizonte tinha perdido já sua matinal precisão. Milk cruzou as patas dianteiras e sentiu leve dor. Olhou seus dedos sem se mover, decidindo, por fim, cheirá-los. No dia anterior tinha se ferido com um espinho, e em lembrança do que havia sofrido lambeu extensamente o dedo doente.

— Não podia caminhar — exclamou em conclusão.

Old não entendeu a que se referia. Milk acrescentou:

— Há muitos espinhos.

Dessa vez o filhote compreendeu. E respondeu por sua conta, após longo tempo:

— Há muitos espinhos.

Calaram-se novamente, convencidos.

O sol saiu, e no primeiro banho de luz, as jacuguaçus[1] lançaram ao ar puro o tumultuoso trompetear de sua charanga. Os cães, dourados ao sol oblíquo, semicerraram os olhos, adoçando sua preguiça em bem-aventurado pestanejo. Pouco a pouco, o grupo aumentou com a chegada dos outros colegas: Dick, o taciturno preferido; Prince, cujo lábio superior, partido por um quati, deixava ver os dentes; e Isondú, de nome indígena. Os cinco fox-terriers, estendidos e mortos de bem-estar, dormiram.

Ao cabo de uma hora ergueram a cabeça; pelo lado oposto do bizarro rancho de dois andares — o inferior de barro e o alto de madeira, com corredores e parapeito de

---

[1] Tipo de ave comum na Mata Atlântica do Brasil, nas regiões Sudeste e Sul, bem como Argentina, Uruguai e Bolívia.

chalé — tinham sentido os passos de seu dono, que descia a escada. Mister Jones, toalha ao ombro, se deteve um momento no canto do rancho e olhou o sol, alto já. Tinha ainda o olhar morto e o lábio pendente, depois de sua solitária noitada de uísque, mais longa que as habituais.

Enquanto se lavava, os cães se aproximaram e lhe cheiravam as botas, mexendo com indolência o rabo. Como as feras amestradas, os cães conhecem o menor indício de bebedeira em seu amo. Se afastaram com lentidão para se jogarem de novo ao sol. Mas o calor crescente os fez logo abandonar aquele lugar pela sombra dos corredores.

O dia avançava igual aos precedentes de todo esse mês: seco, límpido, com quatorze horas de sol calcinante, que parecia manter o céu em fusão e que em um instante rachava a terra molhada em crostas embranquecidas. Mister Jones foi à chácara, olhou o trabalho do dia anterior e retornou ao rancho. Durante toda essa manhã não fez nada. Almoçou e subiu para dormir a sesta.

Os peões voltaram às duas para a capina, apesar da hora de fogo, pois as ervas daninhas não deixavam o algodoal. Atrás deles foram os cães, muito amigos do cultivo, que desde o inverno passado tinham aprendido a disputar com falcões os vermes brancos que o arado levantava. Cada um se atirou embaixo um algodoeiro, acompanhando com seu arquejo os golpes surdos da enxada.

Entretanto o calor crescia. Na paisagem silenciosa e ofuscante de sol, o ar vibrava por todos os lados, ferindo a vista. A terra removida exalava vapor de forno, que os peões suportavam sobre a cabeça, envolta até as orelhas pelo lenço flutuante, com o mutismo de seus trabalhos na chácara. Os cães mudavam a cada momento de planta à procura de sombra mais fresca. Estendiam-se ao longo, mas a fadiga os obrigava a sentar-se sobre as patas traseiras para respirar melhor.

Reverberava agora diante deles um pequeno deserto de argila que sequer tinham tentado arar. Ali, o filhote viu de repente mister Jones, que o olhava fixamente, sentado sobre um tronco. Old se pôs de pé, mexendo o rabo. Os outros se levantaram também, mas arrepiados.

— É o patrão! — exclamou o filhote, surpreso com a atitude dos demais.

— Não, não é ele — replicou Dick.

Os quatro cães estavam juntos grunhindo surdamente, sem afastar os olhos de mister Jones, que continuava imóvel, olhando-os. O filhote, incrédulo, avançou, mas Prince lhe mostrou os dentes:

— Não é ele, é a Morte.

O filhote se arrepiou de medo e retrocedeu ao grupo.

— É o patrão morto? — perguntou ansiosamente. Os outros, sem responder, romperam a ladrar com fúria, sempre em atitude temerosa. Mas mister Jones se desvaneceu no ar ondulante.

Ao ouvir latidos, os peões levantaram a vista, sem distinguir nada. Giraram a cabeça para ver se tinha entrado algum cavalo na chácara, e se abaixaram de novo.

Os fox-terriers voltaram lentamente ao rancho. O filhote, arrepiado ainda, se adiantava e retrocedia com curtos trotes nervosos, e soube da experiência de seus colegas que, quando uma coisa vai morrer, aparece antes.

— E como sabem que esse que vimos não era o patrão? — perguntou.

— Porque não era ele — responderam, displicentes.

Logo a Morte, e com ela a mudança de dono, as misérias, os chutes, estava sobre eles! Passaram o resto da tarde ao lado de seu patrão, sombrios e alertas. Ao menor ruído rosnavam, sem saber para onde. Mister Jones sentia-se satisfeito de sua inquietude guardiã.

Finalmente, o sol se pôs atrás do negro palmeiral do arroio, e na calma da noite prateada os cães se detiveram ao redor do rancho, em cujo andar alto mister Jones recomeçava sua noitada de uísque. À meia-noite ouviram seus passos, apenas a dupla queda das botas no piso de tábuas, e a luz se apagou. Os cães, então, sentiram mais próxima a mudança de dono, e sozinhos, ao pé da casa adormecida, começaram a chorar. Choravam em coro, alterando seus soluços convulsivos e secos, como mastigados, em um uivo de desolação, que a voz caçadora de Prince sustentava, enquanto os outros começavam um novo soluço. O filhote só conseguia ladrar. A noite avançava, e os quatro cachorros mais velhos, agrupados à luz da lua, o focinho estendido e inchado de lamentos — bem alimentados e acariciados pelo dono que iam perder —, continuavam chorando sua doméstica miséria.

Na manhã seguinte mister Jones foi ele mesmo buscar as mulas e as emparelhou à capinadeira, trabalhando até as nove. Não estava satisfeito, no entanto. Além da terra nunca ter sido bem carpida, as lâminas não tinham fio, e com o passo rápido das mulas, a capinadeira saltava. Voltou com essa e afiou suas lâminas, mas um parafuso, no qual já ao comprar a máquina tinha notado uma falha, se rompeu ao montá-la. Mandou um peão a uma obrage próxima, recomendando-lhe cuidado com o cavalo, um bom animal, mas assoleado. Ergueu a cabeça ao sol em fusão do meio-dia e insistiu que não galopasse nem um momento. Almoçou em seguida e subiu. Os cães, que pela manhã não tinham deixado um segundo seu patrão, ficaram nos corredores.

A sesta pesava, sufocada de luz e silêncio. Todo o contorno estava brumoso pelas queimadas. Ao redor do rancho, a terra embranquecida do quintal, arrebatada pelo sol de chumbo, parecia deformar-se em trêmulo fervor, que adormecia os olhos pestanejantes dos fox-terriers.

— Não apareceu mais — disse Milk.

Old, ao ouvir "apareceu" levantou vivamente as orelhas.

Incitado pela evocação, o filhote se pôs em pé e ladrou, buscando algo. Pouco depois calou, entregando-se, com seus companheiros, à sua defensiva caçada de moscas.

— Não veio mais — disse Isondú.

— Tinha uma lagartixa embaixo das raízes — recordou pela primeira vez Prince.

Uma galinha, com bico aberto e as asas caídas e afastadas do corpo, atravessou o quintal incandescente com seu pesado trote de calor. Prince a seguiu preguiçosamente com a vista, e saltou inesperadamente:

— Vem outra vez! — gritou.

Pelo norte do quintal avançava só o cavalo em que tinha ido o peão. Os cães se arquearam sobre as patas, ladrando com prudente fúria à Morte que se acercava. O animal caminhava com a cabeça baixa, aparentemente indeciso sobre o rumo que ia tomar. Ao passar em frente ao rancho deu alguns passos em direção ao poço e se desvaneceu progressivamente na crua luz.

Mister Jones desceu; não tinha sono. Dispunha-se a prosseguir a montagem da capinadeira, quando viu chegar inesperadamente o peão a cavalo. Apesar de sua ordem, tinha que ter galopado para voltar a essa hora. Mal livre e concluída sua missão, o pobre cavalo, em cujos flancos era impossível contar as pulsações, tremeu abaixando a cabeça, e caiu de lado. Mister Jones mandou o peão para a chácara, com o rebenque ainda em mãos, para não expulsá-lo se continuasse ouvindo suas jesuíticas desculpas.

Mas os cães estavam contentes. A Morte, que buscava por seu patrão, tinha se conformado com o cavalo. Sentiam-se alegres, livres de preocupação e, em consequência, dispunham-se a ir à chácara atrás do peão, quando ouviram mister Jones que gritava a esse, longe já, pedindo-lhe o parafuso. Não tinha parafuso: o armazém estava fechado, o encarregado dormia etc. Mister Jones, sem replicar, pegou seu chapéu e saiu ele mesmo em busca do utensílio. Resistia ao sol como um peão, e o passeio era maravilhoso contra o seu mau humor.

Os cães saíram com ele, mas se detiveram à sombra da primeira alfarrobeira, fazia muito calor. Dali, firmes nas patas, o cenho contraído e atento, viam-no afastar-se. Ao fim, o temor à solidão pôde mais, e com sufocante trote seguiram atrás dele.

Mister Jones obteve seu parafuso e voltou. Para encurtar a distância, claro, evitando a poeirenta curva do caminho, caminhou em linha reta para sua chácara. Chegou ao riacho e adentrou no capinzal, o diluviano capinzal do *Saladito*, que cresceu, secou e rebrotou desde que há palha no mundo, sem conhecer fogo. As matas, arqueadas em abóbada à altura do peito, se entregavam em blocos maciços. A tarefa de atravessá-lo, mesmo em um dia fresco, seria muito dura a essa hora. Mister Jones atravessou-o, no entanto, braceando entre a palha estalante e poeirenta pelo barro deixado pelas cheias do rio, afogado de fadiga e acres vapores de nitrato.

Saiu por fim e se deteve no limite; mas era impossível permanecer quieto sob esse sol e esse cansaço. Caminhou de novo. Ao calor calcinante que crescia sem cessar desde três dias atrás, agregava-se agora o sufocamento do tempo descomposto. O céu estava branco e não se sentia um sopro de vento. O ar faltava, com angústia cardíaca que não permitia concluir a respiração.

Mister Jones se convenceu de que tinha ultrapassado seu limite de resistência. Já fazia algum tempo que os batimentos da carótida golpeavam seus ouvidos. Sentia-se aéreo, como se de dentro da cabeça lhe empurrassem o crânio para cima. Se nauseava olhando o pasto. Apressou o passo para acabar com isso de uma vez... e de repente voltou a si e se achou em um lugar diferente; tinha caminhado meia quadra sem dar-se conta de nada. Olhou para trás e a cabeça se foi em uma nova vertigem.

No entanto, os cães seguiam atrás dele, trotando com a língua toda de fora. Às vezes, asfixiados, detinham-se na sombra de um pequeno esparto, se sentavam precipitando seu ofegar, mas voltavam ao tormento do sol. Ao fim, como a casa já estava próxima, apressaram o trote.

Foi nesse momento quando Old, que ia à frente, viu atrás do alambrado da chácara mister Jones, vestido de branco, que caminhava para eles. O filhote, com súbita lembrança, voltou a cabeça para seu patrão e confrontou.

— A Morte, a Morte! — uivou.

Os outros também o tinham visto, e latiam arrepiados. Viram que mister Jones atravessava o alambrado, e por um instante acharam que iria se equivocar; mas ao chegar a cem metros se deteve, olhou o grupo com seus olhos celestes, e caminhou adiante.

— Que não caminhe rápido o patrão! — exclamou Prince.

— Vai topar com ele! — uivaram todos.

De fato, o outro, depois de breve hesitação, tinha avançado, mas não diretamente sobre eles como antes, senão em linha oblíqua e aparentemente errônea, mas que devia levá-lo justo ao encontro de mister Jones. Os cães compreenderam que desta vez tudo se acabava, porque seu patrão continuava caminhando em igual passo como um autômato, sem se dar conta de nada. O outro já se aproximava. Os cães abaixaram o rabo e correram de lado, uivando. Passou um segundo e o encontro aconteceu. Mister Jones se deteve, girou sobre si mesmo e desabou.

Os peões, que o viram cair, o levaram depressa ao rancho, mas foi inútil toda a água; morreu sem voltar a si. Mister Moore, seu irmão materno, foi para lá de Buenos Aires, esteve uma hora na chácara e em quatro dias liquidou tudo, voltando em seguida para o sul. Os índios repartiram entre si os cães, que viveram daí em diante magros e sarnentos, e iam todas as noites, com faminto sigilo, roubar espigas de milho nas chácaras alheias.

Aqui tem farpas,
e Bax'qui passa!
Ali vem!

O ARAME FARPADO

Durante quinze dias o alazão havia buscado em vão o atalho por onde seu colega escapava do potreiro. O formidável cerco, de capoeira — derrubada que rebrotou emaranhada — não permitia passar nem a cabeça do cavalo. Evidentemente, não era ali por onde o malacara[1] passava.

O alazão percorria outra vez a chácara, trotando inquieto com a cabeça alerta. Da profundidade do monte, o malacara respondia aos relinchos vibrantes de seu companheiro, com os seus curtos e rápidos, nos quais havia, sem dúvida, uma fraternal promessa de abundante comida. O mais irritante para o alazão era que o malacara reaparecia duas ou três vezes ao dia para beber. Aquele prometia, então, não abandonar um instante seu companheiro e durante algumas horas, de fato, a dupla pastava em admirável conversa. Mas de repente o malacara, arrastando sua soga, embrenhava-se no chircal,[2] e quando o alazão, ao dar-se conta de sua solidão, se lançava em sua perseguição, só achava o monte inextricável. Apesar disso, de dentro, bem perto ainda, o maligno malacara respondia

---

[1] Espécie de cavalo com manchas brancas na face.
[2] Planta típica, conhecida como praga de pasto.

a seus desesperados relinchos, com um relinchinho de boca cheia.

Até que essa manhã o velho alazão achou a brecha muito singelamente: atravessando pela frente do chircal, que do monte avançava cinquenta metros no campo, viu uma vaga senda que o conduziu em perfeita linha oblíqua ao monte. Ali estava o malacara, desfolhando árvores.

A coisa era muito simples: o malacara, atravessando um dia o chircal, havia achado a brecha aberta no monte por um incenso arrancado pela raiz. Repetiu seu avanço através do chircal, até chegar a conhecer perfeitamente a entrada do túnel. Então usou o velho caminho que com o alazão tinha se formado ao longo da linha do monte. E aqui estava a causa do transtorno do alazão: a entrada da senda formava uma linha sumamente oblíqua com o caminho dos cavalos, de modo que o alazão, acostumado a percorrê-lo de sul a norte, e jamais de norte a sul, nunca tinha achado a brecha.

Num instante o velho cavalo esteve unido a seu companheiro, e juntos então, sem mais preocupação que a de desfolhar torpemente as palmeiras jovens, os dois cavalos decidiram se afastar do infeliz potreiro que já conheciam de cor.

O monte, sumamente ralo, permitia um fácil avançar mesmo aos cavalos. Do bosque não restava na verdade senão uma faixa de duzentos metros de largura. Depois dele, uma capoeira de dois anos se empenachava de fumo selvagem. O velho alazão, que em sua juventude tinha perambulado pelas capoeiras, até viveu perdido nelas por seis meses, dirigiu a marcha, e em meia hora os fumos imediatos ficaram nus de folhas até onde alcança o pescoço de um cavalo.

Caminhando, comendo, espiando, o alazão e o malacara atravessaram a capoeira até que um alambrado os deteve.

— Um alambrado — disse o alazão.

— Sim, um alambrado — assentiu o malacara. E ambos, passando a cabeça sobre o fio superior; contemplaram atentamente. Dali se via uma alta pastagem de velho roçado, branco pela geada; um bananal e uma plantação nova. Tudo isso pouco tentador, sem dúvida, mas os cavalos queriam ver isso, e um depois de outro seguiram o alambrado à direita.

Dois minutos depois passavam por uma árvore que, com a raiz seca pelo fogo, tinha caído sobre os fios. Atravessaram a brancura do pasto gelado em que seus passos não soavam, e margeando o bananal avermelhado, queimado pela geada, viram então de perto o que eram aquelas plantas novas.

— É capim — constatou o malacara, com seus trêmulos lábios a meio centímetro das duras folhas.

A decepção pôde ter sido grande; mas os cavalos, ainda que gulosos, queriam sobretudo pastar. De modo que, cortando obliquamente o capinzal, prosseguiram seu caminho, até que um novo alambrado conteve a dupla. Contornando-o com tranquilidade grave e paciente, chegando assim a uma porteira, aberta para sua felicidade, e os passeantes se viram de repente em pleno caminho real.

Agora sim, para os cavalos, aquilo que acabavam de fazer tinha todo o aspecto de uma proeza. Do potreiro tedioso à liberdade presente havia uma infinita distância. Mas por infinita que fosse, os cavalos pretendiam prolongá-la ainda, e assim, depois de observar com preguiçosa atenção os arredores, tiraram mutuamente a caspa do pescoço, e em mansa felicidade prosseguiram sua aventura.

O dia, na verdade, a favorecia. A bruma matinal de Misiones acabava de dissipar-se totalmente, e sob o céu, subitamente azul, a paisagem brilhava com esplendorosa clareza. Desde a colina, em cujo topo estavam nesse momento os dois cavalos, o caminho de terra vermelha cortava o pasto à frente deles com precisão admirável, descia ao vale branco de pequenos espartos gelados, para tornar a subir até o monte longínquo. O vento, muito frio, cristalizava ainda mais a claridade da manhã de ouro, e os cavalos, que sentiam de frente o sol, quase horizontal ainda, entrecerravam os olhos ao ditoso deslumbramento.

Seguiam assim sozinhos e gloriosos de liberdade, no caminho cintilante de luz, até que ao dobrar uma ponta do monte viram na beira do caminho certa extensão de um verde inusitado. Pasto? Sem dúvida. Mas, em pleno inverno.

E com as narinas dilatadas de gula, os cavalos se aproximaram do alambrado. Sim, pasto fino, pasto admirável! E entrariam, eles, os cavalos livres!

Há que se advertir que o alazão e o malacara possuíam desde essa madrugada alta ideia de si mesmos. Nem porteira, nem alambrado, nem monte, nem desmonte, nada era obstáculo para eles. Tinham visto coisas extraordinárias, superando dificuldades incríveis, e se sentiam gordos, orgulhosos e capazes de tomar a decisão mais extravagante que lhes pudesse ocorrer.

Nesse estado de ênfase, viram, a cem metros deles, várias vacas detidas à beira do caminho, e encaminhando-se para lá chegaram à porteira fechada com cinco robustas traves.

As vacas estavam imóveis, olhando fixamente o paraíso verde inalcançável.

— Por que não entram? — perguntou o alazão às vacas.

— Porque não se pode — responderam.

— Nós passamos por todos os lugares — afirmou o alazão altivo — Há um mês que passamos por todos os lugares.

Com o fulgor de sua aventura, os cavalos tinham perdido sinceramente a noção do tempo. As vacas não se dignaram sequer a olhar os intrusos.

— Os cavalos não podem — disse uma novilha inquieta.

— Dizem isso e não passam por lugar nenhum. Nós sim passamos por todos os lugares.

— Têm uma soga — acrescentou uma velha mãe sem voltar a cabeça.

— Eu não, eu não tenho soga! — respondeu vivamente o alazão — Eu vivia nas capoeiras e passava.

— Sim, atrás de nós! Nós passamos e vocês não podem.

A novilha inquieta interveio de novo:

— O patrão disse outro dia: "Com um só fio se contém os cavalos". E então?... Vocês não passam?

— Não, não passamos — respondeu simplesmente o malacara, convencido pela evidência.

— Nós sim!

Ao honrado malacara, no entanto, lhe ocorreu de repente que as vacas, atrevidas e astutas, impertinentes invasoras de chácaras e do Código Rural, também não passavam a porteira.

— Esta porteira é ruim — objetou a velha mãe. — Ele sim! Desloca as traves com os chifres.

— Quem? — perguntou o alazão.

Todas as vacas voltaram a cabeça para ele com surpresa.

— O touro Bariguí! Ele pode mais que os alambrados ruins.

— Alambrados?... Passa?

— Tudo! Arame farpado também. Nós passamos depois.

Os dois cavalos, de volta à sua pacífica condição de animais a quem um só fio contém, se sentiram ingenuamente deslumbrados por aquele herói capaz de enfrentar o arame farpado, a coisa mais terrível que o desejo de ir em frente pode encontrar.

De repente as vacas moveram-se mansamente: a passos lentos chegava o touro. E ante aquela achatada e obstinada testa dirigida em tranquila reta à porteira, os cavalos compreenderam humildemente sua inferioridade.

As vacas se afastaram, e Bariguí, passando a testa embaixo de uma tranca, tentou fazê-la deslocar-se para o lado.

Os cavalos levantaram as orelhas, admirados, mas a tranca não se deslocou. Uma após outra, o touro tentou sem resultado seu esforço inteligente: o chacareiro, dono feliz da plantação de aveia, tinha fixado, na tarde anterior, as travas com cunhas.

O touro não tentou mais. Voltando-se com indolência, farejou ao longe entrecerrando os olhos, e logo acompanhou o alambrado, com afogados mugidos sibilantes.

Desde a porteira, os cavalos e as vacas olhavam. Em determinado lugar o touro passou os chifres embaixo do arame farpado, estendendo-o violentamente para acima com a testa, e a enorme besta passou arqueando o lombo. Com mais quatro passos estava no meio da aveia, e as vacas se encaminharam então para lá, tentando por sua vez passar. Mas às vacas falta, evidentemente, a decisão masculina de permitir na pele os sangramentos causados por arranhões, e mal introduziam o pescoço logo o retiravam com mareante cabeceio.

Os cavalos olhavam sempre.

— Não passam — observou o malacara.

— O touro passou — respondeu o alazão — Come muito.

E a dupla se dirigia, por sua vez, costeando o alambrado pela força do costume, quando um mugido, claro e berrante agora, chegou até eles: dentro da plantação de aveia, o touro, com saltos de falso ataque, bramia ante o chacareiro, que com um pau tentava atingi-lo.

— Maldito!... Vou te fazer dar saltinhos — gritava o homem.

Bariguí, sempre dançando e berrando ante o homem, se esquivava dos golpes. Manobraram assim cinquenta metros, até que o chacareiro pôde forçar a besta contra o alambrado. Mas o touro, com a decisão pesada e bruta de sua força, afundou a cabeça entre os fios e passou, sob um agudo som de violino de arames e de travas lançadas a vinte metros.

Os cavalos viram como o homem voltou precipitadamente ao seu rancho e tornou a sair com o rosto pálido. Viram também que saltou o alambrado e se encaminhou na direção deles, quando os companheiros, ante aquele passo que avançava decidido, retrocederam pelo caminho em direção a sua chácara.

Como os cavalos marchavam docilmente a poucos passos a frente do homem, puderam chegar juntos à chácara do dono do touro, e ouvir a conversa.

É evidente, pelo que disso se depreende, que o homem tinha sofrido o indizível com o touro do polonês. Plantações, por inacessíveis que tivessem estado dentro do monte; alambrados, por maiores que fossem sua tensão e infinito o número de fios, tudo o touro atropelou com seus hábitos de pilhagem. Se deduz também que os vizinhos estavam fartos da besta e de seu dono, pelas incessantes destruições daquele. Mas como os habitantes da região dificilmente denunciam ao Juizado de Paz os prejuízos causados por animais, por piores que sejam, o touro prosseguia comendo em todos os lugares, menos na chácara do seu dono, o qual, por outro lado, parecia se divertir muito com isso.

Desse modo os cavalos viram e ouviram o irritado chacareiro e o polonês cabeça-dura.

— É a última vez, dom Zaninski, que venho vê-lo por causa do seu touro! Acaba de pisotear-me toda a aveia. Isso já não se pode mais!

O polonês, alto e de olhinhos azuis, falava com extraordinário e meloso falsete.

— Ah, touro mau! Mim não pode! Mim prende, escapa! Vaca tem culpa! Touro segue vaca!

— Eu não tenho vacas, o senhor bem sabe!

— Não, não! Vaca Ramírez! Mim fica louco, touro!

— E o pior é que afrouxa todos os fios, o senhor também sabe!

— Sim, sim, arame! Ah, mim não sabe!...

— Bom! Veja, dom Zaninski; eu não quero questões com vizinhos, mas tenha pela última vez cuidado com seu touro para que não entre pelo alambrado do fundo; vou pôr arame novo no caminho.

— Touro passa por caminho! Não fundo!

— É que agora não vai passar pelo caminho.

— Passa tudo! Não farpa, não nada! Passa tudo!

— Não vai passar.

— Que põe?
— Arame farpado... mas não vai passar.
— Não faz nada farpado!
— Bom; faça o possível para que não entre, porque se passar, vai se machucar.

O chacareiro se foi. É evidente que o maligno polonês, rindo uma vez mais das graças do animal, se compadeceu, dentro do possível, de seu vizinho que ia construir um alambrado intransponível para seu touro. Com certeza esfregou as mãos:

— Mim não poderão dizer nada desta vez se touro come toda aveia!

Os cavalos prosseguiram de novo o caminho que os afastava de sua chácara, e um momento depois chegavam ao lugar em que Bariguí tinha cumprido sua façanha. A besta ali sempre, imóvel no meio do caminho, há um quarto de hora olhando com solene ausência de ideia um ponto fixo à distância. Por trás dele, as vacas dormitavam ao sol, já quente, ruminando.

Mas quando os pobres cavalos passaram pelo caminho, elas abriram os olhos, depreciativas:

— São os cavalos. Queriam passar o alambrado. E têm soga.

— Bariguí sim passou!

— Os cavalos um só fio os contém.

— São magros.

Isso pareceu ferir vivamente o alazão, que voltou a cabeça:

— Nós não estamos magros. Vocês sim estão. Não vai passar mais aqui — acrescentou, assinalando os arames caídos, obra de Bariguí.

— Bariguí passa sempre! Depois passamos nós. Vocês não passam!

— Não vai passar mais. O homem disse.

— Ele comeu a aveia do homem. Nós passamos depois.

O cavalo, por maior intimidade de trato, é sensivelmente mais afeito ao homem que a vaca. Por isso o malacara e o alazão tiveram certeza que o homem ia construir um alambrado.

A dupla prosseguiu seu caminho, e momentos depois, ante o campo livre que se abria diante deles, os dois cavalos baixaram a cabeça para comer, esquecendo-se das vacas.

Já tarde, quando o sol acabava de se pôr, os dois cavalos se lembraram do milho e empreenderam o regresso. Viram no caminho o chacareiro que mudava todos os mastros de seu alambrado, e um homem loiro, que detido a seu lado a cavalo, o olhava trabalhar.

— Te digo que vai passar — dizia o passante.

— Não passará duas vezes — replicava o chacareiro.

— Você verá! Isso é um jogo para o maldito touro do polonês! Vai passar!

— Não passará duas vezes — repetia obstinadamente o outro.

Os cavalos seguiram, ouvindo ainda palavras cortadas:

— ... rir!

— ... veremos.

Dois minutos mais tarde o homem loiro passava a seu lado a trote inglês. O malacara e o alazão, um pouco surpreendidos com aquele passo que não conheciam, viram o homem apressado perder-se no vale.

— Curioso! — observou o malacara após longo tempo — O cavalo vai a trote e o homem a galope.

Prosseguiram. Estavam, nesse momento, no topo da colina, como nessa manhã. Sobre o céu crepuscular e frio, suas silhuetas se destacavam em negro, em mansa e cabisbaixa dupla, o malacara na frente, o alazão atrás. A atmosfera, ofuscada durante o dia pela excessiva luz do sol, adquiria essa semissombra de transparência quase fúnebre. O vento tinha cessado por completo, e com a calma do entardecer, em que o termômetro começava a cair velozmente, o vale gelado expandia sua penetrante umidade, que se condensava em rastejante neblina no fundo sombrio das vertentes. Revivia na terra já arrefecida o invernal cheiro de pasto queimado; e quando o caminho costeava o monte, o ambiente, que se sentia inesperadamente mais frio e úmido, tornava-se excessivamente pesado de perfume de flor de laranjeira.

Os cavalos entraram pelo portão da sua chácara, pois o rapaz fazia soar o caixotezinho de milho com ansioso tremor. O velho alazão obteve a honra de que lhe atribuíssem a iniciativa da aventura, vendo-se gratificado com uma soga, em decorrência do que pudesse acontecer.

Mas na manhã seguinte, bastante tarde já por causa da densa neblina, os cavalos repetiram sua escapatória, atravessando outra vez o tabacal selvagem, pisando com mudos passos o pasto gelado, passando pela porteira ainda aberta.

A manhã iluminada de sol, muito alto já, reverberava de luz, e o calor excessivo prometia para muito cedo mudança de tempo. Após transpor a colina, os cavalos viram, de repente, as vacas detidas no caminho, e a lembrança da tarde anterior excitou suas orelhas e seu passo; queriam ver como era o novo alambrado.

Mas sua decepção ao chegar foi grande. Nos novos postes — escuros e torcidos — havia dois simples arames farpados, grossos talvez, mas somente dois.

Não obstante sua mesquinha audácia, a vida constante em chácaras dos montes tinha dado aos cavalos certa experiência em cercados. Observaram atentamente aquele, especialmente os postes.

— São de madeira de lei — observou o malacara.

— Sim, cernes queimados — comprovou o alazão. E depois de outro longo olhar examinador, o malacara constatou:

— O fio passa pelo meio, não tem farpas.

— Estão bem perto um do outro.

Perto, os postes, sim, indubitavelmente: três metros. Mas em compensação, aqueles dois modestos arames em substituição aos cinco fios do cercado anterior desiludiram os cavalos. Como era possível que o homem achasse que aquele alambrado para bezerros fosse conter o terrível touro?

— O homem disse que não ia passar — se atreveu, no entanto, o malacara, que, em razão de ser o favorito de seu dono, comia mais milho; por isso sentia-se mais convicto.

Mas as vacas o tinham ouvido.

— São os cavalos. Os dois têm soga. Eles não passam. Bariguí já passou.

— Passou? Por aqui? — perguntou desanimado o malacara.

— Pelo fundo. Por aqui passa também. Comeu a aveia.

Entretanto, a novilha inquieta tinha pretendido passar os chifres entre os fios; e uma vibração aguda, seguida de um seco golpe nos chifres deixou em alerta os cavalos.

— Os arames estão muito esticados — disse o alazão após longo exame.

— Sim. Não poderiam estar mais esticados...

E ambos, sem afastar os olhos dos fios, pensavam confusamente em como poderia passar entre os dois fios.

As vacas, entretanto, animavam-se umas com as outras.

— Ele passou ontem. Passa o arame farpado. Nós passamos depois.

— Não passaram ontem. As vacas dizem que sim, e não passam — comprovou o alazão.

— Aqui tem farpas, e Bariguí passa! Ali vem!

Costeando por dentro o monte do fundo, a duzentos metros ainda, o touro avançava para a plantação de aveia. As vacas se colocaram todas em frente ao cercado, seguindo atentas com os olhos à besta invasora. Os cavalos, imóveis, levantaram as orelhas.

— Come toda a aveia! Depois passa!

— Os fios estão muito esticados... — observou ainda o malacara, tentando, sempre de precisar o que sucederia se...

— Comeu a aveia! O homem vem! Vem o homem! — lançou a novilha inquieta. De fato, o homem acabava de sair do rancho e avançava para o touro. Trazia o pau na mão, mas não parecia irado; estava sim muito sério e com o cenho contraído.

O animal esperou que o homem chegasse a sua frente, e então deu início aos mugidos com bravatas de chifradas. O homem avançou mais, e o touro começou a retroceder, berrando sempre e arrasando a aveia com suas bestiais cabriolas. Até que, a dez metros já do caminho, voltou o dorso com um posterior mugido de desafio zombador, e se lançou sobre o alambrado.

— Vem *Bariguí*! Passa! Passa o arame farpado! — começaram a clamar as vacas.

Com o impulso de seu pesado trote, o enorme touro baixou a cabeça e afundou os chifres entre os dois fios. Ouviu-se um agudo gemido de arame, um estridente chiado que se propagou de poste em poste até o fundo, e o touro passou.

Mas de seu lombo e de seu ventre, profundamente abertos, canalizados desde o peito à anca, choviam rios de sangue. A besta, presa de estupor, ficou um instante atônita e tremendo. Se afastou depois lentamente, inundando o pasto de sangue, até que vinte metros depois se jogou, com um rouco suspiro.

Ao meio-dia o polonês foi buscar seu touro, e chorou em falsete ante o chacareiro impassível. O animal tinha se levantado, e podia caminhar. Mas seu dono, compreendendo que lhe custaria muito trabalho curá-lo — se isso ainda fosse possível — o abateu essa tarde. E no dia seguinte o malacara foi escolhido para levar para casa, na mala, dois quilos de carne do touro morto.

Aguardente sufficient para satisfazer a fome de un menú.

Ahijú!
Añá!

Os MENSÚ [1]

---

[1] Trabalhadores vindos de terras paraguaias, chamados guaranis modernos, que se propunham a trabalhar braçalmente e eram conhecidos como *mensú*. Este termo tem sua equivalência ao nosso peão, sendo que o trabalho desses *mensú* era pago mensalmente, e a raiz etimológica da expressão "*mensú*", vem do espanhol e quer dizer mensual, ou seja, mensalista.

Cayetano Maidana e Esteban Podeley, peões de obrage, voltavam a Posadas no Sílex² com quinze companheiros. Podeley, lavrador de madeira, voltava depois de nove meses, o contrato terminado, e, portanto, com passagem grátis. Cayé — mensalista — chegava em iguais condições, mas depois de um ano e meio de trabalho, tempo que havia necessitado para quitar sua conta.

Magros, despenteados, de calções, a camisa aberta com grandes rasgos, descalços como a maioria, sujos como todos eles, os dois *mensú* devoravam com os olhos a capital do bosque, Jerusalém e Gólgota de suas vidas. Nove meses lá em cima! Um ano e meio!

Mas voltavam finalmente, e o violento golpe ainda dolorido da vida na obrage era apenas o roçar de uma farpa ante o rotundo deleite que farejavam ali.

De cem peões, só dois chegam a Posadas com algum saldo. Para essa glória de uma semana a qual o rio os arrastava águas abaixo, contam com o adiantamento de um novo contrato. Como intermediário e coadjuvante, esperava na praia um grupo de moças alegres de carácter

---

² Vapor que levava os peões até Posadas.

e de profissão, ante as quais os *mensú* sedentos lançam seus *ahijú*[3] de urgente loucura.

Cayé e Podeley desceram cambaleantes para a orgia já conhecida e, rodeados de três ou quatro amigas, em um momento se acharam rapidamente ante quantidade suficiente de aguardente para satisfazer plenamente a fome de um *mensú*.

Um instante depois estavam bêbados e com novo contrato firmado. Em que trabalho? Onde? Não sabiam, nem se importavam também. Sabiam, sim, que tinham quarenta pesos no bolso e capacidade de chegar a bem mais em gastos. Babando de descanso e felicidade alcoólica, dóceis e torpes, seguiram ambos as moças para vestirem-se. As perspicazes donzelas os conduziram a uma loja com a qual tinham relações especiais de um tanto por cento, ou talvez ao armazém da mesma casa contratante. Mas, numa ou noutra, as moças renovaram o luxo incondizente de seus trapos, aninharam a cabeça de adornos, enforcaram-se de fitas, tudo roubado com perfeito sangue frio do fidalgo álcool de seu companheiro, pois a única coisa que um *mensú* realmente possui é um desprendimento brutal de seu dinheiro.

Cayé, por sua vez, adquiriu tantos extratos e loções e óleos capazes de defumar até nausear sua roupa nova, enquanto Podeley, mais ajuizado, optava por um traje de bom tecido. Possivelmente pagaram muito caro uma conta

---

[3] Contração da interjeição *Ahjuna* (¡ah hijo de una!) para expressar diversos sentimentos, especialmente admiração ou ira. É um vulgarismo. Regionalismo do sul do Brasil que expressa euforia, perplexidade, raiva — *aicuna* ou *aijuna*.

confusa e abonada com um montão de papéis atirados ao balcão. Mas de qualquer maneira uma hora depois lançaram suas vistosas figuras num carro descoberto, calçados de botas, poncho ao ombro — e, claro, um revólver 44 no cinto — com a roupa repleta de cigarros que se desfaziam torpemente entre os dentes, deixando cair de cada bolso a ponta de um lenço colorido. Os acompanhavam duas moças, orgulhosas dessa opulência, cuja magnitude se acusava na expressão um tanto entediada dos *mensú*, arrastando consigo de manhã até à tarde, pelas ruas agitadas, uma infecção de fumo negro e extrato de obrage.

A noite finalmente chegava e com ela a festa, onde as mesmas perspicazes donzelas induziam os *mensú* a beber, cuja realeza em dinheiro do adiantamento lhes fazia lançar 10 pesos por uma garrafa de cerveja, para receber 1,40 de troco, que guardavam sem sequer conferir.

Assim, depois de esbanjarem seus novos adiantamentos — necessidade irresistível de compensar com sete dias de rei as misérias da obrage — os *mensú* retornaram ao rio e ao Sílex. Cayé levou a companheira, e os três, bêbados como os demais peões, se instalaram na ponte, onde dez mulas já se amontoavam em íntimo contato com baús, trouxas de roupa, cães, mulheres e homens.

No dia seguinte, já aclaradas as ideias na cabeça, Podeley e Cayé examinaram suas cadernetas: era a primeira vez que o faziam desde o contrato. Cayé tinha recebido 120 pesos em dinheiro e 35 em despesa, e Podeley 130 e 75, respectivamente.

Ambos se olharam com expressão que poderia ter sido de espanto se um *mensú* não estivesse perfeitamente curado desse mal-estar. Não recordavam terem gastado nem a quinta parte.

— *Añá*![4]... — murmurou Cayé. — Não vou cumprir nunca.

E desde esse momento teve simplesmente — como justo castigo de seu esbanjamento — a ideia de escapar de lá.

A legitimidade de sua vida em Posadas era, no entanto, tão evidente para ele que sentiu ciúmes do maior adiantamento feito a Podeley.

— Você tem sorte... — disse — Grande, o seu adiantamento...

— Você trouxe companheira — objetou Podeley — Isso custa mais para o teu bolso...

Cayé olhou sua mulher, e ainda que a beleza e outras qualidades de ordem mais moral pesem muito pouco na escolha de um *mensú*, ficou satisfeito. A moça deslumbrava, efetivamente, com seu traje de seda, saia verde, blusa amarela; luzindo no pescoço sujo um triplo colar de pérolas; sapatos Luis XV; as bochechas brutalmente pintadas e um desdenhoso cigarro de folha sob as pálpebras entreabertas.

Cayé considerou a moça e seu revólver 44; era realmente o único que valia de tudo o que levava consigo. E ainda, corria o risco de perder o 44 depois do adiantamento, por minúscula que fosse sua tentação de apostar.

A dois metros dele, sobre um baú em pé, os *mensú* jogavam conscientemente ao monte[5] tudo o que tinham. Cayé observou um momento rindo, como riem sempre os peões quando estão juntos, seja qual for o motivo, e

---

[4] Mitologia guaraní. Assemelha-se ao diabo; a palavra também significa maligno, maldade, malvado.
[5] Jogo de baralho com aposta.

se aproximou do baú, apostando cinco cigarros em uma carta.

Modesto princípio, que podia chegar a lhe proporcionar dinheiro suficiente para pagar o adiantamento na obrage e voltar no mesmo vapor a Posadas para esbanjar novo adiantamento.

Perdeu; perdeu os demais cigarros, perdeu cinco pesos, o poncho, o colar de sua mulher, suas próprias botas, e seu 44. No dia seguinte recuperou as botas, mas nada mais, enquanto a moça compensava a nudez de seu pescoço com incessantes cigarros depreciativos.

Podeley ganhou, depois de infinitas mudanças de dono, o colar em questão, e uma caixa de sabonetes que achou melhor jogar contra um facão e meia dúzia de meias, que ganhou, ficando assim satisfeito.

Tinham finalmente chegado. Os peões subiram a interminável fita vermelha que escalava o barranco, de cujo cume o Sílex parecia mesquinho e afundado no lúgubre rio. E com *ahijús* e terríveis ofensas em guarani, ainda que todos alegres, despediram-se do vapor, que devia afogar num baldear de três horas a nauseabunda atmosfera de sujeira, patchuli e mulas doentes, que durante quatro dias remontou com ele.

Para Podeley, lavrador de madeira, cuja diária podia subir a sete pesos, a vida na obrage não era dura. Afeito a ela, domava sua aspiração de estrita justiça na cubagem da madeira, compensando as rapinas rotineiras com certos privilégios de bom peão. Sua nova etapa começou no dia seguinte, uma vez demarcada sua zona do bosque. Construiu com folhas de palmeira sua cabana — teto e parede sul, nada mais — chamou de cama oito varas horizontais, e em uma grande forquilha pendurou a provisão semanal. Recomeçou, automaticamente, seus dias de obrage: silenciosos mates ao levantar-se, escuro ainda, que se sucediam sem tirar a mão da chaleira; a exploração em busca de madeira, o café da manhã às oito: farinha, charque e gordura; o machado depois, o peito descoberto, cujo suor atraía mutucas, *biriguis*[6] e mosquitos; depois, o almoço — desta vez feijões e milho flutuando na inevitável gordura —, para terminar à noite, depois de nova luta com as peças de 8 por 30, com o *yopará*[7] do meio-dia.

Fora algum incidente com seus colegas lavradores, que invadiam sua jurisdição; o fastio dos dias de chuva, que o relegavam a ficar de cócoras em frente à chaleira, a tarefa prosseguia até o sábado de tarde. Lavava então sua roupa, e no domingo ia ao armazém prover-se.

Era este o real momento de descanso dos *mensú*, esquecendo-se de tudo entre os anátemas da língua nativa, sobrelevando com fatalismo indígena a soma sempre crescente da provisão, que atingia, então, cinco pesos por um facão e oitenta centavos por um quilo de bolacha. O mesmo fatalismo que aceitava isso com um *añá!* e um sorridente olhar aos demais companheiros, impunha-lhe, em elementar desagravo, o dever de fugir da obrage assim que pudesse. E se esta ambição não estava em todos os peitos, todos os peões comprendiam essa mordida de contrajustiça, que ia, se chegasse, cravar os dentes nas entranhas do patrão. Este, por sua vez, levava a luta a seu extremo final, vigiando dia e noite a sua gente, e em especial os mensalistas.

---

[6] Espécie de mosquito, também chamado "mosquito-palha".
[7] Prato típico dos índios guaranis no Paraguai.

Ocupavam-se, então, os *mensú* no embarcadouro, tombando peças entre interminável gritaria, que aumentava imediatamente quando as mulas, impotentes para conter a carroça que descia do altíssimo barranco a toda velocidade, rolavam umas sobre outras tombando vigas, animais, carroça, tudo misturado. Raramente as mulas se machucavam, mas a algazarra era a mesma.

Cayé, entre risos e risos, meditava sempre sobre sua fuga. Farto já de revirados e *yoparás*, que o desejo da fuga tornava ainda mais indigestos, detinha-se ainda pela falta de um revólver, e certamente, ante a winchester do capataz. Mas se tivesse um 44!...

A sorte chegou-lhe desta vez de forma bastante desviada.

A companheira de Cayé, que desprovida já de seu luxuoso adorno ganhava a vida lavando a roupa dos peões, um dia mudou de domicílio. Cayé esperou duas noites, e na terceira foi ao rancho de seu sucessor, onde deu uma soberba surra na moça. Os dois *mensú* ficaram sozinhos conversando, e como resultado concordaram em viver juntos, assim o sedutor se instalou com o casal. Isso era econômico e bastante prudente. Mas como o *mensú* parecia gostar realmente da dama — coisa rara no grêmio — Cayé ofereceu-a em troca de um revólver com balas, que ele mesmo pegaria do armazém. Apesar desta simplicidade, o trato esteve a ponto de romper-se, porque na última hora Cayé quis que se agregasse um metro de fumo de corda, o que pareceu excessivo ao *mensú*. Concluiu-se por fim o negócio, e enquanto o recém casal se instalava em seu rancho, Cayé carregava, conscientemente, seu 44, para ir, depois da tarde chuvosa, tomar mate com eles.

* * *

O outono terminava, e o céu, fixo em estiagem com aguaceiros de cinco minutos, se decompunha finalmente em mau tempo constante, cuja umidade inchava o ombro dos *mensú*. Podeley, livre disso até então, sentiu-se em um dia com tal apatia que, ao chegar a sua viga, se deteve, olhando para todos os lados, sem saber o que fazer. Não tinha ânimo para nada. Voltou para sua cabana, e no caminho sentiu uma rápida cócega nas costas.

Sabia muito bem o que era aquela apatia e aquele formigamento à flor da pele. Sentou-se filosoficamente para tomar mate, e meia hora depois um fundo e longo calafrio percorreu suas costas sob a camisa.

Não havia nada a fazer. Jogou-se na cama, tremendo de frio, encolhido sob o poncho, enquanto os dentes, incontidos, batiam até não poder mais.

No dia seguinte o acesso, não esperado até o crepúsculo, voltou ao meio-dia, e Podeley foi à administração pedir quinina. Tão claramente se denunciava o aspecto moribundo do *mensú*, que o atendente entregou os pacotes quase sem olhar o doente, que virou tranquilamente sobre sua língua aquela terrível amargura. Ao voltar ao monte topou com o administrador.

— Você também! — disse, olhando-o — Já são quatro. Os outros não importam... Pouca coisa. Você é cumpridor... Como está sua conta?

— Falta pouco... mas não vou poder trabalhar...

— Bah! Cuide-se bem e não há de ser nada... Até amanhã.

— Até amanhã — afastou-se Podeley apressando o passo, porque nos calcanhares acabava de sentir uma leve comichão.

O terceiro ataque começou uma hora depois, ficando Podeley caído em uma profunda falta de forças, e o olhar fixo e opaco, como se não pudesse ir para além de um ou dois metros.

O descanso absoluto a que se entregou por três dias — bálsamo específico para o *mensú*, posto que inesperado — não fez senão converter em um vulto tiritante e enrolado sobre um esparto. Podeley, cuja febre anterior havia tido um honrado e periódico ritmo, não pressagiou nada bom para ele dessa galopada de acessos quase sem intermitência. Há febres e febres. Se a quinina não tinha cortado de vez o segundo ataque, era inútil que ficasse lá em cima, para morrer feito um novelo em qualquer curva de trilha. E voltou ao armazém.

— Outra vez você! — o recebeu o administrador — Isso não está bem... Não tomou quinina?

— Tomei... Não me aguento com esta febre... Não posso nem com meu machado. Se você quiser dar minha passagem, volto para cumprir quando estiver curado...

O administrador contemplou aquela ruína e não estimou em grande coisa a vida que restava em seu peão.

— Como está sua conta? — perguntou outra vez.

— Devo vinte pesos ainda... No sábado entreguei... Estou muito doente...

— Sabe bem que enquanto sua conta não estiver paga deve ficar. Lá embaixo... você pode morrer. Recupere-se aqui, e acerte sua conta em seguida.

Curar-se de uma febre intermitente ali onde a adquiriu? Certamente não; mas o *mensú* que vai pode não voltar, e o administrador preferia homem morto a um devedor distante.

Podeley jamais tinha deixado de cumprir nada, única altivez a que se permite ante seu patrão um *mensú* de qualidade.

— Não me importa que tenha deixado ou não de cumprir! — replicou o administrador — Pague sua conta primeiro, e depois conversaremos!

Esta injustiça para com ele criou lógica e velozmente o desejo de libertar-se. Foi instalar-se com Cayé, cujo espírito conhecia bem, e ambos decidiram escapar no próximo domingo.

— Aí tem! — gritou o administrador nessa mesma tarde ao cruzar com Podeley. — Ontem à noite escaparam três... Isso é o que você gosta, não? Esses também eram cumpridores! Como você! Mas vai se arrebentar aqui, antes de sair pelo embarcadouro! E muito cuidado, você e todos que estão ouvindo! Já sabem!

A decisão de fugir e seus perigos — para os quais um *mensú* precisa ter todas suas forças — é capaz de conter algo mais que uma febre perniciosa. Além disso, o domingo havia chegado; e com falsas manobras de lavagem de roupa, simuladas rodas de viola no rancho de tal ou qual, a vigilância pôde ser burlada e Podeley e Cayé se encontraram, de repente, a mil metros da administração.

Enquanto não se sentissem perseguidos não abandonariam a trilha; Podeley caminhava mal. E mesmo assim...

A ressonância peculiar do bosque trouxe-lhes, longínqua, uma voz rouca:

— Em frente! Aos dois!

E um momento depois surgiam de uma curva na trilha o capataz e três peões correndo. A caçada começava.

Cayé engatilhou seu revolver, sem deixar de avançar.

— Se entregue, demônio! — gritou o capataz.

— Vamos entrar no monte — disse Podeley — Eu não tenho força nem para meu facão.

— Volta ou eu atiro! — chegou outra voz.

— Quando estivem mais perto... — começou Cayé. Uma bala de winchester passou assobiando pela trilha.

— Entra! — gritou Cayé a seu colega. — E protegendo-se atrás de uma árvore, descarregou em direção aos perseguidores os cinco tiros de seu revólver.

Uma gritaria aguda respondeu-lhes, enquanto outra bala de winchester fazia saltar a casca da árvore.

— Se entregue ou vou acertar sua cabeça!

— Anda mais! — insistiu Cayé a Podeley. — Eu vou... E depois de nova descarga, entrou no monte.

Os perseguidores, detidos um momento pelas explosões, lançaram-se raivosos adiante, fuzilando, golpe após golpe de winchester, a provável rota dos fugitivos.

A cem metros da trilha, e paralelos a ela, Cayé e Podeley se afastavam, inclinados até o solo para evitar os cipós. Os perseguidores presumiam esta manobra; mas como dentro do monte quem ataca tem cem probabilidades contra uma de ser atingido por uma bala no meio da testa, o capataz se contentava com salvas de winchester e uivos desafiantes. Ademais, os tiros errados hoje tinham feito um belo alvo na noite da quinta-feira...

O perigo tinha passado. Os fugitivos se sentaram, exauridos. Podeley se envolveu em seu poncho, e recostado nas costas de seu colega, sofreu o contragolpe daquele esforço em duas terríveis horas de calafrio.

Prosseguiram a fuga, sempre à vista da trilha, e quando a noite chegou finalmente acamparam. Cayé tinha levado chipas, e Podeley acendeu o fogo, apesar dos mil inconvenientes em um país onde, além das mariposas, há outros seres que têm debilidade pela luz, sem contar os homens.

O sol estava muito alto já quando, na manhã seguinte, encontraram o riacho, primeira e última esperança dos fugitivos. Cayé cortou doze taquaras sem muito escolher, e Podeley, cujas últimas forças foram dedicadas a cortar os cipós, mal teve tempo de fazê-lo antes de enrolar-se e tremer.

Cayé, então, construiu sozinho a jangada — dez taquaras atadas longitudinalmente com cipó, levando em cada extremo uma atravessada.

Aos dez segundos de concluída embarcaram. E a jangadinha, arrastada à deriva, entrou no Paraná.

As noites são nessa época excessivamente frescas, e os dois *mensú*, com os pés na água, passaram a noite gelados, um junto ao outro. A corrente do Paraná, que chegava carregada de imensas chuvas, retorcia a jangada no borbulhar de seus redemoinhos, e afrouxava lentamente os nós do cipó.

Durante todo o dia seguinte comeram duas chipas, último resto de provisão, que Podeley mal provou. As taquaras, perfuradas pelos *tambús*,[8] afundavam, e ao cair da tarde, a jangada tinha descido um quarto do nível da água.

Sobre o rio selvagem, comprimido entre as lúgubres muralhas do bosque, o mais remoto deserto, aí, os dois homens, submersos até o joelho, derivavam girando sobre

---

[8] Bicho de pau podre.

si mesmos, detidos um momento, imóveis ante um redemoinho, seguindo de novo, se sustentando apenas sobre as taquaras quase soltas que escapavam de seus pés, numa noite escura que seus olhos desesperados não conseguiam romper.

A água já lhes chegava ao peito quando tocaram a terra. Onde? Não sabiam... Um capinzal. Mas na mesma margem ficaram imóveis, deitados de bruços.

Já brilhava o sol quando acordaram. O capinzal se estendia vinte metros terra adentro, extendendo do litoral ao rio e bosque. A meia quadra ao sul, o riacho Paranaí, que decidiram transpor quando tivessem recuperado as forças. Mas estas não voltavam tão rapidamente como era de desejar, dado que os brotos e vermes da taquara são lentos fortificantes. E durante vinte horas, a chuva transformou o Paraná em azeite branco e o Paranaí em furiosa avenida. Tudo impossível. Podeley se ergueu de repente pingando água, apoiando-se no revólver para se levantar e apontou para Cayé. Explodia de febre.

— Anda, demônio!...

Cayé viu que pouco podia esperar daquele delírio, e se inclinou dissimuladamente para atingir seu colega com um pau. Mas o outro insistiu:

— Anda para a água! Você me trouxe! Atravesse o rio!

Os dedos lívidos tremiam sobre o gatilho.

Cayé obedeceu; deixou-se levar pela corrente, e desapareceu depois do capinzal, ao qual só pôde chegar com terrível esforço.

De lá e de trás, espreitou seu companheiro, mas Podeley jazia de novo de lado, com os joelhos encolhidos até o peito, sob a chuva incessante. Levantou a cabeça ao ver

Cayé aproximar-se e, sem abrir quase os olhos, cegados pela água, murmurou:

— Cayé... Caramba... Frio muito grande...

Choveu ainda toda a noite sobre o moribundo, a chuva branca e surda dos dilúvios outonais, até que de madrugada Podeley ficou imóvel para sempre em sua tumba de água.

E no mesmo capinzal, sitiado sete dias pelo bosque, o rio e a chuva, o sobrevivente consumiu as raízes e vermes possíveis, perdeu pouco a pouco suas forças, até ficar sentado, morrendo de frio e de fome, com os olhos fixos no Paraná.

O Sílex, que passou por ali ao entardecer, recolheu o *mensú* já quase moribundo. Sua felicidade transformou-se em terror ao dar-se conta no dia seguinte de que o vapor subia o rio.

— Por favor, te peço! — choramingou ante o capitão — Não me deixem no Porto X! Vão me matar!... Te peço de verdade!...

O Sílex voltou a Posadas, levando com ele o *mensú* encharcado ainda.

Mas dez minutos depois de baixar em terra, já estava bêbado, com novo contrato, e se encaminhava cambaleando para comprar extratos.

O poço secou.
E as esperanças da vida, começaram para ele nesta mesma tarde.

YAGUAÍ

Agora, bem, não podia ser senão ali. Yaguaí cheirou a pedra — um sólido bloco de mineral de ferro — e deu uma cautelosa volta em torno dela. Sob o sol do meio-dia em Misiones, o ar vibrava sobre o negro penhasco, fenômeno este que não seduzia o fox-terrier. Ali embaixo, no entanto, estava a lagartixa. O cão girou novamente ao redor, bufou numa fenda, e para honra da raça, arranhou um instante o bloco ardente, depois regressou com passo preguiçoso, que não impedia o sistemático farejar ambos os lados.

Entrou na sala de jantar, jogando-se entre o aparador e a parede, fresco refúgio que ele considerava como seu, apesar da opinião contrária de todos da casa. Mas o canto sombrio, admirável quando a depressão da atmosfera acompanhava a falta de ar, tornava-se impossível em dia de vento norte. Era este um incrível conhecimento do fox-terrier, em quem lutava ainda a herança do país temperado — Buenos Aires, pátria de seus avôs e sua — onde sucede precisamente o contrário. Saiu, portanto, e se sentou embaixo de uma laranjeira, em pleno vento de fogo, mas que facilitava imensamente a respiração. E como os cães transpiram muito pouco, Yaguaí apreciava como se deveo vento evaporador sobre a língua dançante posta a seu passo.

O termômetro atingia nesse momento 40 graus. Mas os fox-terriers de bom berço são singularmente falsos quanto às promessas de quietude, diga-se. Sob aquele meio-dia de fogo, sobre a meseta vulcânica[1] que a areia vermelha tornava ainda mais calcinante, havia lagartixas.

Com a boca agora fechada, Yaguaí transpôs a tela de arame e se achou em pleno campo de caça. Desde setembro não havia conseguido outra ocupação, além das sestas bravas. Desta vez rastreou quatro lagartixas das poucas que restavam, caçou três, perdeu uma, e foi então se banhar.

A cem metros da casa, na base da meseta e à beira do bananal, existia um poço em pedra viva de feitura e forma originais, pois sendo começado à dinamite por um profissional, havia-o concluído um entusiasta com pá de ponta. Verdade é que não media senão dois metros de profundidade, estendendo-se em larga escarpa por um lado, como um pequeno açude. Sua fonte, ainda que superficial, resistia a secas de dois meses, o que é digno de mérito em Misiones.

Ali se banhava o fox-terrier, primeiro a língua, depois o ventre, sentado na água, para concluir com uma travessia a nado. Voltava para casa, sempre que algum rastro não atravessava seu caminho. Ao cair do sol voltava ao poço; é que Yaguaí sofria às vezes com as pulgas, e com bastante facilidade no calor tropical, para o qual sua raça não havia sido criada.

O instinto combativo do fox-terrier se manifestou normalmente contra as folhas secas; subiu depois às

---

[1] Pequeno planalto submerso.

borboletas e suas sombras, e se fixou por fim nas lagartixas. Ainda em novembro, quando tinha já em xeque todas as ratazanas da casa, seu grande encanto eram os lagartos. Os peões que por "a" ou "b" chegavam para a sesta admiravam sempre a obstinação do cachorro bufando em covinhas sob um sol de fogo, se bem que a admiração daqueles não passava do quadro de caça.

— Isso — disse um deles um dia, apontando o cão com um meneio de cabeça — não serve mais que para bichinhos...

O dono de Yaguaí o ouviu:

— Talvez — respondeu — mas nenhum dos famosos cães de vocês seria capaz de fazer o que esse faz.

Os homens sorriram sem contestar.

Cooper, no entanto, conhecia bem os cães de monte e sua maravilhosa aptidão para a caça rápida, que seu fox-terrier ignorava. Ensinar-lhe? Talvez, mas ele não tinha como fazer.

Precisamente nessa mesma tarde um peão se queixou a Cooper dos veados que estavam acabando com os feijões. Pediu uma espingarda, porque ainda que ele tivesse um bom cão não conseguia, às vezes, senão atingir os veados com um pau...

Cooper emprestou a espingarda, e ainda se propôs ir essa noite à roça.

— Não tem lua — contestou o peão.

— Não importa. Solte o cão e veremos se o meu o segue.

Nessa noite foram à plantação. O peão soltou seu cão, e o animal se lançou, em seguida, nas trevas do monte, em busca de um rastro.

Ao ver partir seu companheiro, Yaguaí tentou em vão forçar a barreira de caraguatá. Conseguiu finalmente e seguiu a pista do outro. Mas em dois minutos regressava muito contente daquela escapada noturna. Isso sim, não ficou um buraquinho sem farejar num raio de dez metros.

Mas caçar atrás do rastro, no monte, a um galope que pode durar muito bem desde a madrugada até as três da tarde, isso não. O cão do peão achou uma pista, bem longe, que perdeu em seguida. Uma hora depois voltava a seu amo, e todos juntos regressaram para casa.

A prova, se não conclusiva, desanimou Cooper. Logo esqueceu disso, enquanto o fox-terrier continuava caçando ratazanas, algum lagarto ou raposa em sua gruta, e lagartixas.

Enquanto isso, os dias se sucediam, um após o outro, ofuscantes, pesados, em uma obstinação de vento norte que dobrava as verduras em murchos trapos, sob o branco céu dos meios-dias tórridos. O termômetro mantinha-se em 35-40, sem a mais remota esperança de chuva. Durante quatro dias o tempo se carregou, com asfixiante calma e aumento de calor. E quando se perdeu, por fim, a esperança de que o sul devolvesse em torrentes de água todo o vento de fogo recebido em um mês inteiro do norte, o povo se resignou a uma desastrosa seca.

O fox-terrier viveu desde então sentado sob sua laranjeira, porque quando o calor ultrapassa certo limite razoável, os cães não respiram bem deitados. Com a língua de fora e os olhos entreabertos, assistiu à morte progressiva do desabrochar primaveril. A horta se perdeu rapidamente. O milharal passou do verde claro a uma brancura amarelada, e no final de novembro só restavam dele coluninhas deformadas sobre a negrura desolada do roçado. A mandioca, heroica entre todas, resistia bem.

O poço do fox-terrier — esgotada sua fonte — perdeu dia a dia sua água verdejante, e agora tão quente que Yaguaí não ia a ele senão de manhã, se bem que agora achava rastros de preás, cutias e furões, que a seca do monte forçava até o poço.

Ao voltar de seu banho, o cão se sentava de novo, vendo aumentar pouco a pouco o vento, enquanto o termômetro, refrescando a 15 ao amanhecer, chegava a 41 às duas da tarde. A secura do ar levava o fox-terrier a beber a cada meia hora, devendo então lutar com as vespas e abelhas que invadiam os baldes, mortas de sede. As galinhas, com as asas na terra, ofegavam estendidas na tripla sombra das bananeiras, do caramanchão e da trepadeira de flor vermelha, sem atrever-se a dar um passo sobre a areia abrasada e sob um sol que matava instantaneamente as formigas amarelas. Ao redor, tudo o quanto abarcava os olhos do fox-terrier dançava, mareado de calor: os blocos de ferro, o pedregulho vulcânico, o próprio monte. A oeste, no fundo do vale arborizado, afundado na depressão da dupla serra, o Paraná jazia, morto a essa hora em sua água de zinco, esperando o cair da tarde para reviver. A atmosfera, então, ligeiramente esfumaçada até essa hora, se velava ao horizonte em denso vapor, atrás do qual o sol, caindo sobre o rio, sustentava-se asfixiado em perfeito círculo de sangue. E enquanto o vento cessava por completo e no ar, ainda abrasado, Yaguaí arrastava pela meseta sua diminuta mancha branca, as palmeiras negras, recortando-se imóveis sobre o rio coalhado em rubi, infundiam na paisagem uma sensação de luxuoso e sombrio oásis.

Os dias se sucediam iguais. O poço do fox-terrier secou, e as asperezas da vida, que até então evitaram Yaguaí, começaram para ele nessa mesma tarde.

Desde tempos atrás o cãozinho branco tinha sido muito solicitado por um amigo de Cooper, homem de selva cujos muitos momentos perdidos se passavam no monte atrás dos catetos. Tinha três cães magníficos para esta caça, ainda que muito inclinados a rastrear quatis, o que, além de envolver uma perda de tempo para o caçador, constitui também a possibilidade de um desastre, pois a dentada de um quati degola fundamentalmente o cão que não souber apanhá-lo.

Fragoso, tendo visto um dia o fox-terrier trabalhando uma ariranha, que Yaguaí forçou a ficar definitivamente imóvel, deduziu que um cãozinho que tinha esse talento especial para morder justamente entre o dorso e o pescoço não era um cão qualquer, por mais curto que fosse o rabo. Assim, implorou repetidas vezes para que Cooper lhe emprestasse Yaguaí.

— Eu vou ensiná-lo bem para você, patrão — dizia.

— Tem tempo — respondia Cooper.

Mas nesses dias esmagadores — a visita de Fragoso avivando a lembrança do pedido — Cooper lhe entregou seu cão a fim de que lhe ensinasse a correr.

Correu, sem dúvida, bem mais do que tivesse desejado o próprio Cooper.

Fragoso vivia na margem esquerda do Yabebirí, e tinha plantado em outubro um mandiocal que não produzia ainda, e meio hectare de milho e feijão, totalmente perdido pela seca. Este último, específico para o caçador, tinha para Yaguaí muito pouca importância. Em compensação, a nova alimentação o transtornou. Ele, que na casa de Cooper abanava o rabo ante à mandioca simplesmente cozida, para não ofender seu amo, e cheirava os três ou quatro lados do guisado, para não romper de todo com a cozinheira, conheceu a angústia dos olhos brilhantes e fixos no amo que come, para terminar lambendo o prato que seus três companheiros tinham polido já, esperando ansiosamente um punhado de milho cozido que lhes davam a cada dia.

Os três cães saíam à noite para caçar por sua conta — manobra esta que entrava no sistema educacional do caçador —; mas a fome que levava àqueles naturalmente ao monte para rastrear comida, imobilizava o fox-terrier no rancho, único lugar do mundo onde podia achar comida. Os cães que não devoram a caça serão sempre maus caçadores; e justamente Yaguaí pertencia a uma raça que, desde sua criação, caça por simples esporte.

Fragoso tentou alguma aprendizagem com o fox-terrier. Mas sendo Yaguaí bem mais prejudicial que útil ao trabalho desenvolto de seus três cães, o relegou desde então ao rancho, à espera de melhores tempos para esse ensino.

Entretanto, a mandioca do ano anterior começava a acabar: as últimas espigas de milho rodaram pelo solo, brancas e sem um grão, e a fome, já dura para os três cães nascidos com ela, roeu as entranhas de Yaguaí. Naquela nova vida tinha adquirido com admirável rapidez o aspecto humilhado, servil e traiçoeiro dos cães do país. Aprendeu então a vagar à noite pelos ranchos vizinhos, avançando com cautela, as pernas dobradas e elásticas, afundando-se lentamente ao pé de uma mata de espartos ao menor rumor hostil. Aprendeu a não latir por maior furor ou medo que tivesse e a rosnar de um modo particularmente surdo quando o pequeno cão de um rancho defendia-o da pilhagem. Aprendeu a visitar os galinheiros, a separar dois pratos empilhados com o focinho, e a levar na boca uma lata com gordura, a fim de esvaziá-la na impunidade do capinzal. Conheceu o gosto das tiras de couro ensebadas, dos sapatos untados de gordura, da fuligem grudenta de uma panela e — alguma vez — do mel recolhido e guardado num pedaço de taquara. Adquiriu a prudência necessária para afastar-se do caminho quando um passageiro avançava, seguindo-o com os olhos, abaixado entre o capinzal. E no final de janeiro, do olhar vivo, das orelhas firmes sobre os olhos e o rabo alto e provocador do fox-terrier, não ficou senão um esqueletinho sarnento, de orelhas jogadas para trás, rabo afundado e traiçoeiro, que trotava furtivamente pelos caminhos.

    A seca continuava, entretanto; o monte ficou pouco a pouco deserto, pois os animais se concentravam nos fios de água que tinham sido grandes arroios. Os três cães forçavam a distância que os separava do bebedouro dos cavalos com êxito mediano, pois sendo este muito frequentado pelas onças pintadas, a caça menor tornava-se desconfiada. Fragoso, preocupado com a ruína do roçado e com novos desgostos com o proprietário da terra, não tinha humor para caçar, menos por fome. E a situação ameaçava, assim, tornar-se muito crítica, quando uma circunstância fortuita trouxe um pouco de fôlego à lamentável matilha.

    Fragoso teve que ir para San Ignacio, e os quatro cães, que foram com ele, sentiram em suas narinas dilatadas uma impressão de frescura vegetal — vaguíssima, por sinal — mas que acusava um pouco de vida naquele inferno de calor e seca. Efetivamente, San Ignacio havia sido menos açoitada, e como resultado alguns milharais, ainda que miseráveis, se sustentavam em pé.

Não comeram nesse dia; mas ao regressar ofegantes atrás do cavalo, os cães não esqueceram aquela sensação de frescura, e na noite seguinte saíam juntos em mudo trote para San Ignacio. Na beira do Yabebirí se detiveram cheirando a água e levantando o focinho trêmulo à outra costa. A lua saía então, com sua amarelada luz minguante. Os cães avançaram cautelosamente sobre o rio à flor das pedras, saltando aqui, nadando lá, em um passo que em água normal não dá fundo a três metros.

Quase sem se sacudir, retomaram o trote silencioso e tenaz para o milharal mais próximo. Ali o fox-terrier viu como seus colegas quebravam os talos com os dentes, devorando com secas mordidas que entravam até o sabugo das espigas de milho. Fez o mesmo, e durante uma hora, no negro cemitério de árvores queimadas, que a fúnebre luz do minguante tornava mais espectral, os cães se moveram daqui para lá entre as canas, grunhindo mutuamente.

Voltaram mais três vezes, até que a última noite um estampido demasiado próximo os pôs em guarda. Mas coincidindo esta aventura com a mudança de Fragoso para San Ignacio, os cães não sentiram muito.

* * *

Fragoso tinha conseguido, por fim, mudar-se lá para o fundo da colônia. O monte, entrelaçado de tacuapí,[2] denunciava terra excelente; e aquelas imensas meadas de bambus, estendidas no solo com o facão, deviam preparar magníficos roçados.

---

[2] Palavra guarani.

Quando Fragoso se instalou, o tacuapí começava a secar. Roçou e queimou rapidamente um quarto de hectare, confiando em algum milagre de chuva. O tempo se decompôs, de fato, o céu branco se tornou chumbo, e nas horas mais quentes transpareciam no horizonte lívidas orlas de cúmulos. O termômetro a 39 e o vento norte soprando com fúria trouxeram finalmente doze milímetros de água, que Fragoso aproveitou para seu milho, muito contente. Viu nascer, viu crescer magnificamente até cinco centímetros. Mas nada além.

No *tacuapí*, sob ele e se alimentando talvez de seus brotos, vivem uma infinidade de roedores. Quando seca, seus hóspedes debandam, a fome os leva forçosamente às plantações; e deste modo os três cães de Fragoso, que saíam uma noite, voltaram em seguida esfregando o focinho mordido. Fragoso matou nessa mesma noite quatro ratazanas que assaltavam sua lata de gordura.

Yaguaí não estava ali. Mas na noite seguinte, ele e seus colegas adentravam no monte (ainda que o fox-terrier não corresse atrás de rastro, sabia perfeitamente desentocar tatu e achar ninhos de uru), quando o cão se surpreendeu com o rodeio que efetuaram seus colegas para não atravessar o roçado. No entanto Yaguaí avançou por ele e, um momento depois, o mordiam em uma pata, enquanto rápidas sombras corriam para todos os lados.

Yaguaí viu o que era; e instantaneamente, em plena barbárie e miséria do bosque tropical, surgiram os olhos brilhantes, o rabo alto e duro, e a atitude batalhadora do admirável cão inglês. Fome, humilhação, vícios adquiridos, tudo se apagou num segundo ante as ratazanas que saíam de todas as partes. E quando voltou, finalmente, para jogar-se ensanguentado, morto de fadiga, teve que saltar atrás das ratazanas famintas que invadiam literalmente o rancho.

Fragoso ficou encantado com aquela brusca energia de nervos e músculos que não recordava mais, e puxou na memória a lembrança do velho combate com a ariranha; era a mesma mordida sobre o dorso, um golpe seco de mandíbula, e outra ratazana.

Compreendeu também de onde provinha aquela nefasta invasão, e com longa série de palavrões em voz alta, deu seu milharal por perdido. Que podia fazer Yaguaí sozinho? Foi ao roçado, acariciando o fox-terrier, e assobiou a seus cães; mas mal os rastreadores de tigres sentiam os dentes das ratazanas no focinho, gritavam esfregando-o com as duas patas. Fragoso e Yaguaí fizeram sozinhos o trabalho do dia, e se o primeiro saiu dela com o pulso dolorido, o segundo espirrava, ao respirar, borbulhas sanguinolentas pelo nariz.

Em doze dias, apesar do quanto fizeram Fragoso e o fox-terrier para salvá-lo, o roçado estava perdido. As ratazanas, igual aos martinetes,[3] sabem muito bem desenterrar o grão grudado ainda à plantinha. O tempo, outra vez de fogo, não permitia nem a sombra de nova plantação, e Fragoso se viu forçado a ir para San Ignacio em busca de trabalho, levando ao mesmo tempo o cão de volta a Cooper, que ele não podia já treinar nem pouco nem muito. Fazia-o com verdadeira pena, pois as últimas aventuras, colocando o fox-terrier em seu verdadeiro teatro de caça, tinham elevado muito a estima do caçador pelo cãozinho branco.

---

[3] Tipo de ave de asas longas, como o gavião.

No caminho, o fox-terrier ouviu, ao longe, as explosões dos capinzais de Yabebirí ardendo com a seca; viu ao lado do bosque as vacas que, suportando a nuvem de mutucas, dobravam os catiguás com o peito, avançando montadas sobre o tronco arqueado até atingir as folhas. Viu os rígidos cactos do monte tropical atarracados como velas; e sobre o brumoso horizonte da tarde de 38-40, reviu o sol caindo asfixiado em um círculo vermelho e mate.

Meia hora depois chegavam a San Ignacio, e sendo já tarde para chegar até o rancho de Cooper, Fragoso adiou para a manhã seguinte sua visita. Os três cães, ainda que mortos de fome, não se aventuraram muito a vagar em país desconhecido, com exceção de Yaguaí, a quem a lembrança bruscamente desperta das velhas carreiras em frente ao cavalo de Cooper levava em linha reta até a casa de seu amo.

* * *

As circunstâncias anormais pela qual passava o país com a seca de quatro meses — é preciso saber o que isso pressupõe em Misiones — faziam com que os cães dos peões, já famintos em tempo de abundância, levassem suas pilhagens noturnas a um grau intolerável.

Em plena luz do dia, Cooper tinha perdido três galinhas, arrebatadas pelos cães para o monte. E se recordava que a engenhosidade de um habitante vagabundo chega ao ponto de ensinar a seus cães esta manobra para se aproveitar ambos da presa, é de se compreender que Cooper perdesse a paciência, descarregando sem perdão sua espingarda sobre todo ladrão noturno. Ainda que usasse apenas chumbinho, a lição era assim mesmo dura.

Assim, uma noite, no momento que ia se deitar, seu ouvido alerta percebeu o ruído das unhas inimigas, tentando forçar a tela de arame. Com um gesto de cansaço pegou a espingarda e, saindo, viu uma mancha branca que avançava quintal adentro. Rapidamente atirou, e aos uivos intensos do animal arrastando-se sobre as patas traseiras, teve um passageiro sobressalto, que não pôde explicar e se desvaneceu em seguida. Chegou até o lugar, mas o cão tinha desaparecido já, e entrou de novo na casa.

— Que foi, pai? — perguntou da cama sua filha — Um cachorro?

— Sim — respondeu Cooper pendurando a espingarda. — Atirei nele um pouco de perto...

— Grande o cachorro, pai?

— Não, pequeno.

— Pobre Yaguaí! — prosseguiu Julia — Como estará? Subitamente Cooper recordou a impressão sofrida ao ouvir o uivar do cão: algo de seu Yaguaí tinha ali... Mas pensando também em quão remota era essa probabilidade, dormiu tranquilo.

Foi na manhã seguinte, muito cedo, quando Cooper, seguindo o rastro de sangue, encontrou Yaguaí morto à beira do poço do bananal.

De péssimo humor voltou para casa, e a primeira pergunta de Julia foi pelo cãozinho.

— Morreu, pai?

— Sim, lá no poço... É Yaguaí.

Apanhou a pá, e seguido de seus dois filhos, consternados, foi ao poço. Julia, após olhar um momento imóvel, se aproximou devagar soluçando agarrada à calça de Cooper.

— O que você fez, pai!

— Não sabia, querida... Se afaste um momento.

No bananal enterrou seu cão, pisou a terra em cima, e regressou profundamente desgostado, levando pela mão seus dois filhos, que choravam devagar para que seu pai não os ouvisse.

O ruído dos cantorias,
As telhas que são o chão
A mobília de pau rosa

A febre

Os PESCADORES de VIGAS

O motivo foi certo conjunto de sala de jantar que o Mr. Hall não tinha ainda, e seu gramofone lhe serviu de anzol. Candiyú o viu no escritório provisório da Yerba Company, onde Mr. Hall manobrava seu gramofone com a porta aberta.

Candiyú, como bom indígena, não manifestou surpresa alguma, se contentando em deter seu cavalo um pouco de lado ante o feixe de luz e olhar para outro lado. Mas como um inglês ao cair da noite, em mangas de camisa pelo calor e com uma garrafa de uísque ao lado, é cem vezes mais circunspecto que qualquer mestiço, Mr. Hall não levantou a vista do disco. Assim, vencido e conquistado, Candiyú acabou por aproximar seu cavalo da porta, em cujo batente apoiou o cotovelo.

— Boa noite, patrão. Linda música!
— Sim, linda — respondeu Mr. Hall.
— Linda! — repetiu o outro — Quanto ruído!
— Sim, muito ruído — assentiu Mr. Hall, que achava não desprovidas de profundidade as observações de seu visitante.

Candiyú admirava os novos discos.
— Custou muito caro, patrão?
— Custou... O quê?
— Esse falatório... Os moços que cantam.

O olhar turvo, inexpressivo de Mr. Hall, se iluminou. O contador comercial surgia.

— Oh, custa muito!... Você quer comprar?

— Se o senhor quer me vender... — respondeu Candiyú só para dizer algo, convencido da impossibilidade de tal compra. Mas Mr. Hall prosseguia olhando-o com pesada firmeza, enquanto a membrana saltava do disco com força de marchas metálicas.

— Vendo barato para você... Cinquenta pesos!

Candiyú sacudiu a cabeça, sorrindo para o aparelho e seu maquinista, alternadamente:

— Muito dinheiro! Não tenho.

— O que você tem, então?

O homem sorriu de novo, sem responder.

— Onde você vive? — prosseguiu Mr. Hall, evidentemente decidido a livrar-se de seu gramofone.

— No porto.

— Ah! Eu conheço você... Você se chama Candiyú?

— Me chamo...

— E você pesca vigas?

— Às vezes, alguma vigazinha sem dono...

— Vendo pelas vigas!... Três vigas serradas. Eu mando carreta. Concorda?

Candiyú ria.

— Não tenho agora. E essa... maquinaria, é muito delicada?

— Não. Botão aqui, e botão ali... eu ensino. Quando tem madeira?

— Em alguma cheia... Agora deve vir uma. E que madeira o senhor quer?

— Pau-rosa. Concorda?

— Hum!... Não desce essa madeira quase nunca... Somente mediante uma grande cheia. Linda madeira! Gosta de boas madeiras o senhor...

— E você leva bom gramofone. Concorda?

O negócio prosseguiu ao som de cantos britânicos, o indígena esquivando-se de forma honesta e o contador encurralando-o no pequeno círculo da precisão. No fundo, e descontados o calor e o uísque, o cidadão inglês não fazia um mau negócio trocando um gramofone ruim por várias dúzias de belas tábuas, enquanto o pescador de vigas, por sua vez, entregava alguns dias de seu habitual trabalho em troca de uma maquininha prodigiosamente *ruidosa*.

Assim o negócio se realizou a tanto tempo de prazo. Candiyú vive na margem do Paraná há trinta anos, e se seu fígado é ainda capaz de eliminar qualquer coisa depois do último ataque de febre em dezembro passado. Deve viver ainda uns meses mais. Passa agora os dias sentado em seu catre de varas, com o chapéu posto. Só suas mãos, lívidas garras com veias verdes, que pendem dos imensos pulsos, como saídas de uma fotografia, se movem monotonamente sem cessar, com tremor de um papagaio sem penas.

Mas naquele tempo Candiyú era outra coisa. Tinha então por ofício honorável o cuidado de um bananal alheio e — pouco menos lícito — o de pescar vigas. Normalmente, e sobretudo em época de enchente, derivam vigas escapadas das obrages, ou que se desprendem de uma jangada em formação, ou quando um peão brincalhão corta a golpes de facão a corda que as retém. Candiyú possuía um binóculo telescopado, e passava as manhãs apontando a água, até que a linha esbranquiçada de uma viga, destacando na ponta do Itacurubí, o lançava em sua chalana ao encontro da presa. Vista a viga a tempo, a empreitada não é extraordinária, porque o remo de um homem de coragem, inclinado ou puxando uma peça de 10 x 40, vale mais que qualquer rebocador.

* * *

Lá na obrage de Castelhum, mais acima de Puerto Felicidad, as chuvas haviam começado após sessenta e cinco dias de seca absoluta que não deixou rodas nas carroças. A capacidade de produção da obrage consistia, nesse momento, em sete mil vigas — muito mais que uma fortuna. Mas como as duas toneladas de uma viga, enquanto não estejam no porto, não pesam dois escrúpulos no caixa, Castelhum e Companhia distavam muitíssimas léguas de estarem contentes.

De Buenos Aires chegaram ordens de mobilização imediata. O encarregado da obrage pediu mulas e carroças; responderam-lhe que com o dinheiro da primeira jangada recebida lhe remeteriam as mulas; e o encarregado respondeu que com essas mulas antecipadas lhes mandaria a primeira jangada.

Não havia modo de se entenderem. Castelhum subiu até a obrage e viu o estoque de madeira no acampamento, sobre a barranca do Ñacanguazú ao norte.

— Quanto? — perguntou Castelhum a seu encarregado.

— Trinta e cinco mil pesos — respondeu este.

Era o necessário para transladar as vigas ao Paraná. E sem contar a estação imprópria.

Sob a chuva, que unia num único fio de água sua capa de borracha e seu cavalo, Castelhum considerou longo tempo o arroio em turbilhão, logo assinalando a torrente com um movimento do capuz:

— As águas chegarão a cobrir o salto? — perguntou a seu colega.

— Se chove muito, sim.

— Todos os homens estão na obrage?

Até este momento, esperava suas ordens.

— Bem — disse Castelhum — Acho que vamos nos sair bem. Ouça, Fernández: nesta tarde reforce a corda na margem, e comece a arrumar todas as vigas aqui na barranca. O arroio está limpo, segundo me disse. Amanhã de manhã vou para Posadas, e então, com o primeiro temporal que vier, jogue os paus no arroio. Entende? Uma boa chuva.

O administrador olhou-o arregalando os olhos.

— A corda vai ceder antes que cheguem mil vigas.

— Já sei, não importa. E nos custará muitíssimos pesos. Vamos voltar e conversaremos mais.

Fernández encolheu os ombros e assobiou aos capatazes.

No resto do dia, sem chuva, mas empapados em calma de água, os peões estenderam de uma margem à outra na barra do arroio a cadeia de vigas, e a derrubada de paus começou no acampamento. Castelhum voltou para Posadas sob uma água de inundação que ia correndo sete milhas e que, ao sair do Guayrá, tinha alçado sete metros na noite anterior.

Depois de grande seca, grandes chuvas. Ao meio-dia começou o dilúvio, e durante cinquenta e duas horas consecutivas o monte trovejou de água. O arroio, transformado em torrentes, passou a rugir numa avalanche de água vermelha. Os peões, molhados até os ossos, com sua magreza em relevo pela roupa colada ao corpo, lançavam as vigas pela barranca. Cada esforço arrancava um uníssono grito de ânimo, e quando a monstruosa viga rodava dando tombos e afundava com um canhonaço na água, todos os peões lançavam seu *ahijú!* de triunfo. E depois, os esforços desperdiçados no barro líquido, o desarticular das alavancas, as quedas sob a chuva torrencial. E a febre.

Bruscamente, por fim, o dilúvio cessou. No súbito silêncio circundante, ouviu-se o trovejar da chuva ainda sobre o bosque próximo. Mais surdo e mais fundo, o retumbo do Ñacanguazú. Algumas gotas, distanciadas e leves, caíam ainda do céu exausto. Mas o tempo prosseguia carregado, sem o mais ligeiro sopro. Respirava-se água, e mal os peões haviam descansado um par de horas, a chuva recomeçou — a chuva de chumbo, maciça e branca das enchentes. O trabalho urgia — os salários tinham subido valentemente — e enquanto o temporal seguiu, os peões continuaram gritando, caindo e tombando sob a água gelada.

Na barra do Ñacanguazú, a barreira flutuante conteve os primeiros paus que chegaram e resistiu arqueada e gemendo a muitos mais; até que ao empuxo incontido das vigas que chegavam como catapultas contra a corda, o cabo cedeu.

* * *

Candiyú observava o rio com seu binóculo, considerando que a enchente atual, que ali em San Ignacio tinha subido mais dois metros no dia anterior — levando inclusive sua chalana —, seria para além de Posadas formidável inundação. As madeiras tinham começado a descer, cedros ou pouco menos, e o pescador reservava prudentemente suas forças. Essa noite a água subiu mais um metro, e na tarde seguinte Candiyú teve a surpresa de ver no extremo de seu binóculo uma barra, uma verdadeira tropa de vigas soltas que dobravam a ponta de Itacurubí. Madeira de lombo esbranquiçado e perfeitamente seca, ali era seu lugar. Saltou em sua canoa e remou ao encontro da caça.

Agora, numa enchente do Alto Paraná se encontram muitas coisas antes de chegar à viga eleita. Árvores inteiras, claro, arrancadas pela raiz, com as raízes negras ao ar, como polvos. Vacas e mulas mortas, em companhia de um bom lote de animais selvagens afogados, fuzilados ou com uma flecha cravada ainda no ventre. Formigueiros altos amontoados sobre uma raiz. Alguma onça, talvez, muitos camalotes e espuma — sem contar, claro, as víboras.

Candiyú esquivou, derivou, topou e virou muitas vezes mais do que o necessário até chegar a sua presa. Finalmente a teve; uma machadada pôs à mostra a veia sanguínea do pau-rosa, e encostando-se à viga, pôde derivar com ela obliquamente algum trecho. Mas os ramos, as árvores, passavam sem cessar arrastando-o. Mudou de tática: enlaçou sua presa e começou então uma luta muda e sem trégua, colocando a alma silenciosamente a cada remada.

Uma viga derivando em uma grande cheia tem impulso suficientemente grande para que três homens titubeiem antes de se atrever com ela. Mas Candiyú unia a seu grande fôlego trinta anos de pirataria em rio baixo ou alto, e desejava, além disso, ser dono de um gramofone.

A noite que caía o deparou com incidentes para sua completa satisfação. O rio, à flor do olho quase, corria velozmente com muito óleo. De ambos os lados passavam e passavam sem cessar sombras densas. Um homem afogado topou com a canoa; Candiyú se inclinou e viu que tinha a garganta aberta. Logo, visitantes indesejáveis, víboras ao assalto, as mesmas que nas enchentes sobem pelas rodas dos vapores até os camarotes.

O trabalho hercúleo prosseguia, o remo tremia embaixo da água, mas era arrastado apesar de tudo. Ao fim rendeu-se; fechou mais o ângulo de abordagem e reuniu suas últimas forças para atingir a borda do canal, que roçava os penhascos do Teyucuaré. Durante dez minutos o pescador de vigas, com os nervos do pescoço duros e o peitoral como pedra, fez o que jamais ninguém voltará a fazer para sair do canal em uma enchente com uma viga de reboque. A canoa se arrebentou contra as pedras, tombou justamente quando restava a Candiyú força suficiente — e nada mais — para prender a corda e desabar de boca.

Somente um mês mais tarde Mr. Hall teve suas três dúzias de tábuas, e vinte segundos depois entregava a Candiyú o gramofone, incluindo vinte discos.

A firma Castelhum e Companhia, apesar da esquadrilha de lanchas a vapor que lançou contra as vigas — e isso por muito mais de trinta dias — perdeu muitas. E se alguma vez Castelhum chegar a San Ignacio e visitar Mr. Hall, admirará sinceramente os móveis do citado contador, feitos de pau rosa.

A liberdade como fonte de felicidade,
e perigo como
encanto.

Pecadilos
tropicais

O MEL SILVESTRE

Tenho em Salto Oriental dois primos, hoje já homens, que aos seus doze anos, e em consequência de profundas leituras de Júlio Verne, deram na rica empreitada de abandonar sua casa para ir viver no monte. Esse fica a duas léguas da cidade. Ali viveriam primitivamente da caça e da pesca. Verdade é que os dois meninos não tinham lembrado, particularmente, de levar espingardas nem anzóis; mas, de qualquer maneira, o bosque estava ali, com sua liberdade como fonte de felicidade, e seus perigos como encanto.

Desgraçadamente, no segundo dia foram achados por quem os buscava. Estavam bastante atônitos ainda, bem fracos, e para grande assombro de seus irmãos menores — iniciados também em Júlio Verne — sabiam ainda andar em dois pés e recordavam como falar.

A aventura dos dois ermitões, no entanto, seria talvez mais formal se tivessem tido como teatro outro bosque menos domingueiro. As escapadelas levam aqui a limites imprevistos em Misiones, e o orgulho de suas *stromboot*[1] arrastou Gabriel Benincasa a esses limites.

---

[1] Corruptela de *stormboot*, botinas à prova d'água para uso em tempestades.

Benincasa, tendo concluído seus estudos de contadoria pública, sentiu fulminante desejo de conhecer a vida na selva. Não foi arrastado por seu temperamento, pois antes Benincasa era um rapaz pacífico, gorducho e de cara rosada, em razão de sua excelente saúde. Em consequência, sensato o suficiente para preferir um chá com leite e bolinhos a quem sabe que fortuita e infernal comida do bosque. Mas assim como o solteiro que foi sempre ajuizado crê no seu dever de, à véspera de seu casamento, despedir-se da vida livre com uma noite de orgia em companhia de seus amigos, de igual modo Benincasa quis honrar sua vida engrenada com dois ou três choques de vida intensa. E por este motivo subia o Paraná até uma obrage, com suas famosas *stromboot*.

Mal saído de Corrientes havia calçado suas robustas botas, pois os jacarés da margem já esquentavam na paisagem. Mas apesar disso o contador público cuidava muito de seu calçado, evitando arranhões e contatos sujos.

Deste modo chegou à obrage de seu padrinho, que na hora teve que conter os impulsos de seu sobrinho.

— Aonde vai agora? — tinha perguntado surpreendido.

— Ao monte; quero percorrê-lo um pouco — respondeu Benincasa, que acabava de pendurar a winchester no ombro.

— Mas, infeliz! Não vai poder dar um passo. Segue a trilha, se quiser... Ou melhor, deixa essa arma, e amanhã mandarei um peão te acompanhar.

Benincasa renunciou ao seu passeio. Contudo, foi até a margem do bosque e se deteve. Tentou vagamente um passo adentro, e ficou quieto. Meteu as mãos nos bolsos e olhou detidamente aquele complicado emaranhado, assobiando fracamente trechos incompletos. Após observar de novo o bosque de um lado ao outro, retornou bastante desiludido.

No dia seguinte, no entanto, percorreu a trilha central por cerca de uma légua, e ainda que seu fuzil voltasse profundamente dormido, Benincasa não lamentou o passeio. As feras chegariam pouco a pouco.

Estas chegaram na segunda noite, ainda que de um modo um pouco singular.

Benincasa dormia profundamente, quando foi acordado por seu padrinho.

— Ei, dorminhoco! Levanta que vão te comer vivo.

Benincasa se sentou bruscamente na cama, alucinado pela luz dos três lampiões de vento que se moviam de um lado a outro no quarto. Seu padrinho e dois peões regavam o andar.

— O que foi, o que foi? — perguntou, jogando-se ao chão.

— Nada... Cuidado com os pés... A correição.

Benincasa já tinha se inteirado das curiosas formigas a que chamamos correição. São pequenas, negras, brilhantes e marcham velozmente em rios mais ou menos largos. São essencialmente carnívoras. Avançam devorando tudo que encontram pelo caminho: aranhas, grilos, escorpiões, sapos, víboras, e todo ser que não pode lhes resistir. Não há animal, por grande e forte que seja, que não fuja delas. Sua entrada em uma casa supõe a exterminação absoluta de todo ser vivo, pois não há rincão nem buraco profundo onde não se precipite o rio devorador. Os cães uivam, os bois mugem, e é forçoso abandonar a casa, em troca de ser roído em dez horas até o esqueleto. Permanecem no lugar um, dois, até cinco dias, segundo sua riqueza em insetos, carne ou gordura. Uma vez devorado tudo, se vão.

Mas não resistem à creolina ou droga similar; e como na obrage havia muita creolina, em menos de uma hora o chalé ficou livre da correição.

Benincasa observava muito de perto, nos pés, a placa lívida de uma mordida.

— Picam muito forte, realmente! — disse surpreendido, levantando a cabeça para seu padrinho.

Este, para quem a observação já não tinha nenhum valor, não respondeu, felicitando-se, em compensação, de ter contido a tempo a invasão. Benincasa retomou o sono, ainda que sobressaltado toda a noite por pesadelos tropicais.

No dia seguinte foi ao monte, desta vez com um facão, pois tinha acabado de compreender que tal utensílio lhe seria bem mais útil no monte que a espingarda. É verdade que seu pulso não era maravilhoso, e sua pontaria muito menos. Mas, de qualquer maneira, conseguia quebrar os ramos, açoitar a cara e cortar as botas; tudo em um.

O monte crepuscular e silencioso o cansou cedo. Dava-lhe a impressão — exata por demais — de um cenário visto de dia. Da agitada vida tropical não há, a essa hora, mais que o teatro gelado; nem um animal, nem um pássaro, nem um ruído quase. Benincasa voltava, quando um surdo zumbido lhe chamou a atenção. A dez metros dele, em um tronco oco, diminutas abelhas aureolavam a entrada do buraco. Se aproximou com cautela e viu no fundo da abertura dez ou doze bolas escuras do tamanho de um ovo.

— Isso é mel — disse o contador público com íntima gula — Devem ser bolsinhas de cera, cheias de mel...

Mas entre ele, Benincasa, e as bolsinhas, estavam as abelhas. Após um momento de descanso, pensou em fogo: levantaria uma boa fumaceira. A sorte quis que enquanto o ladrão se aproximava cautelosamente da folharada úmida, quatro ou cinco abelhas pousassem em sua mão, sem o picar. Benincasa logo apanhou uma e, oprimindo seu abdômen, constatou que não tinha ferrão. Sua saliva, já leve, se purificou em melífica abundância. Maravilhosos e bons animaizinhos!

Em um instante o contador desprendeu as bolsinhas de cera, e afastando-se um bom trecho para escapar do pegajoso contato das abelhas, se sentou em uma grande raiz. Das doze bolas, sete continham pólen. Mas as restantes estavam cheias de mel, um mel escuro, de sombria transparência, que Benincasa saboreou gulosamente. Tinha um gosto distinto. De quê? O contador não pôde explicar. Talvez resina de frutas ou de eucalipto. E por igual motivo, o denso mel tinha um vago sabor áspero. Mas, em compensação, que perfume!

Benincasa, uma vez bem seguro de que só cinco bolsinhas lhe seriam úteis, começou. Sua ideia era singela: colocar o favo gotejante suspenso sobre sua boca. Mas como o mel era espesso, teve que aumentar o buraco, depois de ter permanecido meio minuto com a boca inutilmente aberta. Então o mel surgiu, afinando-se em pesado fio até a língua do contador.

Um depois do outro, os cinco favos se esvaziaram assim, dentro da boca de Benincasa. Foi inútil que os mantivesse suspensos ou comprimisse os vazios, teve que resignar-se.

Enquanto isso, a sustentada posição da cabeça ao alto tinha-o enjoado um pouco. Pesado de mel, quieto e os olhos bem abertos, Benincasa considerou de novo o monte crepuscular. As árvores e o solo tomavam posturas por demais oblíquas, e sua cabeça acompanhava o vaivém da paisagem.

— Que enjoo curioso... — pensou o contador. — E o pior é...

Ao levantar-se e tentar dar um passo, se viu obrigado a cair de novo sobre o tronco. Sentia seu corpo de chumbo, sobretudo as pernas, como se estivessem imensamente inchadas. E os pés e as mãos formigavam.

— É muito estranho, muito estranho, muito estranho! — repetiu estupidamente Benincasa, sem suspeitar, no entanto, do motivo dessa estranheza — Como se tivesse formigas... A correição — concluiu.

E de repente a respiração se cortou seca, de espanto.

— Deve de ser o mel...! É venenoso...! Estou envenenado!

E num segundo esforço para levantar-se, seu cabelo arrepiou-se de terror: não podia nem se mover. Agora a sensação de chumbo e o formigamento subiam até a cintura. Durante um tempo o horror de morrer ali, miseravelmente só, longe de sua mãe e seus amigos, lhe coibiu todo meio de defesa.

— Vou morrer agora...! Daqui a pouco vou morrer...! Já não posso mover a mão...!

Em seu pânico constatou, no entanto, que não tinha febre nem ardor de garganta, e o coração e pulmões conservavam seu ritmo normal. Sua angústia mudou de forma.

— Estou paralítico, é a paralisia! E não vão me encontrar...

Mas uma visível sonolência começava a apoderar-se dele, deixando-lhe íntegras suas faculdades, ao mesmo tempo em que o enjoo acelerava. Assim, pensou notar que o solo oscilante ficava negro e se agitava vertiginosamente. Outra vez veio à sua memória a lembrança da correição, e em seu pensamento se fixou como uma suprema angústia a possibilidade de que esse negror que invadia o solo...

Teve ainda forças para se arrancar desse último espanto, e de repente lançou um grito, um verdadeiro alarido em que a voz do homem recupera a tonalidade do menino aterrorizado: por suas pernas subiam um precipitado rio de formigas negras. Ao redor dele a correição devoradora escurecia o solo, e o contador sentiu por baixo da cueca o rio de formigas carnívoras que subiam.

Seu padrinho achou-o finalmente, dois dias depois, e sem a menor partícula de carne, o esqueleto coberto pela roupa de Benincasa. A correição que vagava ainda por ali e as bolsinhas de cera o esclareceram suficientemente.

Não é comum que o mel silvestre tenha essas propriedades narcóticas ou paralisantes, mas pode acontecer. As flores com igual caráter abundam no trópico, e já o sabor do mel denuncia na maioria dos casos sua condição — tal como deixou a resina de eucalipto que Benincasa achou sentir.

Gostoso?

É um Dons

E dormi

Nosso
PRIMEIRO
CIGARRO

Nenhuma época foi de maior alegria do que a que nos proporcionou, a María e a mim, a nossa tia com sua morte. Lucía voltava de Buenos Aires, onde tinha passado três meses. Essa noite, quando nos deitávamos, ouvimos que Lucía dizia a mamãe:

— Que estranho...! Tenho as sobrancelhas inchadas.

Certamente mamãe examinou as sobrancelhas de nossa tia, pois após um momento respondeu:

— É verdade... Não sente nada?

— Não... Sono.

No dia seguinte, por volta das duas da tarde, notamos de repente uma forte agitação em casa, portas que se abriam e não se fechavam, diálogos cortados de exclamações e semblantes assustados. Lucía tinha varíola, e de certa espécie hemorrágica que tinha contraído em Buenos Aires.

Sem dúvida, o drama nos entusiasmou, à minha irmã e a mim. As crianças têm quase sempre a desgraça de que as grandes coisas não aconteçam em sua casa. Desta vez nossa tia — casualmente nossa tia — doente de varíola! Eu, garoto feliz, contava já para meu orgulho com a amizade de um agente de polícia, e o contato com um palhaço que, saltando as arquibancadas, tinha tomado assento ao meu lado. Mas agora o grande acontecimento acontecia em nossa própria casa; e ao comunicá-lo ao primeiro garoto que se deteve na porta da rua para olhar, tinha já em meus olhos a vaidade com que uma criança de rigoroso luto, passa pela primeira vez ante seus pequenos vizinhos atônitos e invejosos.

Nessa mesma tarde saímos de casa, instalando-nos na única que pudemos achar com tanta urgência, uma velha quinta dos arredores. Uma irmã de minha mãe, que tinha tido varíola em sua infância, ficou ao lado de Inês.

Provavelmente nos primeiros dias minha mãe passou cruéis angústias por seus filhos que tinham beijado a "variolenta". Mas em compensação, nós, convertidos em furiosos ermitões, não tínhamos tempo para lembrar-nos de nossa tia. Fazia muito tempo que a quinta dormia em seu sombrio e úmido sossego. Laranjeiras esbranquiçadas de cochonilhas; pêssegos rachados na forquilha; marmelos com aspecto de vime; figueiras rastejantes pela força do abandono, aquilo dava, em sua espessa folharada que afogava os passos, uma forte sensação de paraíso.

Nós não éramos precisamente Adão e Eva; mas sim heroicos ermitões, arrastados a nosso destino por uma grande desgraça de família: a morte de nossa tia, ocorrida quatro dias após começar nossa exploração.

Passávamos o dia inteiro fuçando pela quinta, se bem que as figueiras, demasiado espessas ao pé, nos inquietassem um pouco. O poço também suscitava nossas preocupações geográficas. Era esse um velho poço inacabado, cujos trabalhos tinham se detido aos catorze metros sobre um fundo de pedra, e que desaparecia agora entre as avencas e as *doradillas*[1] de suas paredes. Era, no entanto, necessário explorá-lo, e por via avançada conseguimos, com infinitos esforços, levar até sua borda uma grande pedra. Como o poço ficava oculto por um maciço de canas, nos foi permitida esta manobra sem que nossa mãe se inteirasse. No entanto, María, cuja inspiração poética sempre privou nossas iniciativas, conseguiu que adiássemos o fenômeno até que uma grande chuva, enchendo pela metade o poço, nos proporcionasse satisfação artística e ao mesmo tempo científica.

Mas o que atraiu nossos assaltos diários, sobretudo, foi o canavial. Demoramos duas semanas inteiras para explorar devidamente aquele diluviano enredo de varas verdes, varas secas, varas verticais, varas oblíquas, atravessadas, dobradas para terra. As folhas secas, retidas em sua queda, entrelaçavam o maciço, que enchia o ar de pó e ciscos ao menor contato.

Esclarecemos o segredo, no entanto, e sentado com minha irmã na sombria guarida de algum esconderijo, bem juntos e mudos na semiescuridão, gozamos horas inteiras do orgulho de não sentir medo.

Foi ali onde numa tarde, envergonhados de nossa pouca iniciativa, inventamos de fumar. Minha mãe era viúva; conosco viviam habitualmente suas duas irmãs, e naqueles tempos um irmão, mais precisamente o que tinha vindo com Lucía de Buenos Aires.

Este nosso tio de vinte anos, muito elegante e vaidoso, havia atribuído sobre nós dois certo domínio que

---

[1] Planta de pequeno porte que se desenvolve em rochas, comum nas regiões da América Central.

minha mãe, com o desgosto atual e sua falta de caráter, fomentava.

María e eu, de repente, professávamos cordialíssima antipatia ao "padrastinho".

— Te garanto — dizia ele à minha mãe, nos apontando com o queixo — que desejaria viver sempre contigo para vigiar teus filhos. Vão te dar muito trabalho.

— Deixe-os! — respondia minha mãe, cansada.

Nós não dizíamos nada; mas nos olhávamos por cima do prato de sopa.

Deste severo personagem, pois, tínhamos roubado um pacote de cigarros; e ainda que nos tentasse iniciar subitamente na viril virtude, esperamos o artefato. Este consistia em um cachimbo que eu tinha fabricado com um pedaço de cana, para o depósito; uma vareta de cortina, para a piteira; e para o cimento, massinha de um vidro recém colocado. O cachimbo era perfeito: grande, leve e de várias cores.

Em nossa toca no canavial o carregamos, María e eu, com religioso e firme agrado. Colocamos o fumo de cinco cigarros dentro, e sentados, então, com os joelhos altos, acendi o cachimbo e aspirei. María, que devorava meu ato com os olhos, notou que os meus se cobriam de lágrimas: jamais se viu nem verá coisa mais abominável. No entanto, engoli corajosamente a nauseosa saliva.

— Gostoso? — me perguntou María ansiosa, estendendo a mão.

— Gostoso — respondi, passando a horrível máquina.

María fumou, e com mais força ainda. Eu, que a observava atentamente, notei suas lágrimas e o movimento simultâneo de lábios, língua e garganta, recusando aquilo. Sua coragem foi maior que a minha.

— É gostoso — disse com os olhos chorosos e fazendo quase um bico. E levou, heroicamente, a vareta de bronze outra vez à boca.

Era preciso salvá-la. O orgulho, só ele, a precipitava de novo àquela infernal fumaça com gosto de sal de Chantaud,[2] o mesmo orgulho que tinha me feito elogiar o nauseante fogaréu.

— Pst! — disse bruscamente, escutando — Parece o gargantinha do outro dia... Deve ter ninho aqui...

María se ergueu, deixando o cachimbo de lado; e com o ouvido atento e os olhos inquisidores, nos afastamos dali, aparentemente ansiosos para ver o animalzinho, mas na verdade, agarrados como moribundos àquele honorável pretexto de minha invenção, para nos retirar prudentemente do fumo sem que nosso orgulho sofresse.

Um mês depois voltei ao cachimbo de cana, mas então com resultado muito diferente.

Por uma ou outra travessura nossa, o "padrastinho" já havia levantado a voz para nós mais duramente do que podíamos permitir minha irmã e eu. Nos queixamos com nossa mãe.

— Bah! Não façam caso — nos respondeu, quase sem nos ouvir — ele é assim.

— É que qualquer dia vai nos bater! — resmungou María.

— Se vocês não dão motivos, não vai. Que fizeram a ele? — acrescentou dirigindo-se a mim.

— Nada, mãe... Mas eu não quero que me toque! — respondi.

---

[2] Sal de frutas.

Neste momento entrou nosso tio.

— Ah! Aqui está a boa peça do seu Eduardo... Vai te deixar de cabelos brancos este filho, você verá!

— Se queixam de que você quer bater neles.

— Eu? — exclamou o "padrastinho" medindo-me. — Ainda não pensei nisso. Mas assim que me faltarem com o respeito...

— E fará bem — assentiu minha mãe.

— Eu não quero que me toque! — repeti aborrecido e vermelho — Não é meu pai!

— Mas, na falta de seu pobre pai, é seu tio. Enfim, deixem-me tranquila! — concluiu afastando-nos.

Sozinhos no quintal, María e eu nos olhamos com fogo altivo nos olhos.

— Ninguém vai bater em mim — assenti.

— Não... Nem em mim! — apoiou ela, por sua conta.

— É um sonso!

E a inspiração veio bruscamente, e como sempre, para minha irmã, com encolerizado riso e marcha triunfal:

— Tio Alfonso... é um sonso! Tio Alfonso... é um sonso!

Quando um momento depois topou com o "padrastinho", me pareceu, por seu olhar, que tinha nos ouvido. Mas já tínhamos planejado a história do Cigarro Saltitante, apelido esse à maior glória da mula Maud.[3]

O cigarro saltitante consistiu, em suas linhas elementares, em um foguete que, rodeado de papel de fumar, foi colocado no maço de cigarros que tio Alfonso tinha sempre em sua mesa de cabeceira, e usava na sesta.

---

[3] Referência à história *And her name was Maud*, de Frederick Turr Opper.

Uma extremidade tinha sido cortada a fim de que o cigarro não afetasse excessivamente o fumante. Com o violento jorro de faíscas era suficiente, e no final, todo o êxito baseava-se em que nosso tio, cochilando, não se desse conta da singular rigidez de seu cigarro.

As coisas se precipitam — às vezes de tal modo, que não há tempo nem fôlego para contá-las. Só sei que o "padrastinho" saiu como uma bomba de seu quarto, encontrando nossa mãe na sala de jantar.

— Ah, está aqui! Sabe o que fizeram? Eu te juro que desta vez vão se lembrar de mim!

— Alfonso!

— Quê? Só faltava você também...! Se não sabe educar seus filhos, eu vou fazer!

Ao ouvir a voz furiosa do tio, eu, que me ocupava inocentemente com minha irmã em fazer pequenas listras no parapeito do poço, corri até entrar pela segunda porta da sala de jantar e me colocar atrás de mamãe. O "padrastinho" me viu então e se lançou sobre mim.

— Eu não fiz nada! — gritei.

— Espera! — rugiu meu tio, correndo atrás de mim ao redor da mesa.

— Alfonso, deixa o menino!

— Depois deixarei!

— Eu não quero que me toque!

— Vamos, Alfonso! Parece uma criança!

Isso era o último que podia ser dito ao "padrastinho". Lançou um palavrão e suas pernas em minha perseguição com tal velocidade, que esteve a ponto de me alcançar. Mas, nesse instante eu saía como de uma atiradeira pela porta aberta, e disparava para a quinta, com meu tio atrás.

Em cinco segundos passamos como um raio pelos pessegueiros, as laranjeiras e os perais, e foi neste momento quando a ideia do poço, e sua pedra, surgiu terrivelmente nítida.

— Não quero que me toque! — gritei ainda.
— Espera!
Nesse instante chegamos ao canavial.
— Vou me atirar no poço! — berrei para que minha mãe me ouvisse.
— Sou eu quem vai te atirar!

Bruscamente desapareci de seus olhos atrás das canas; correndo sempre, dei um empurrão na pedra exploradora que esperava uma chuva, e saltei de lado, afundando-me sob a folharada.

O tio desembocou em seguida, a tempo de deixar de me ver, e ouvia lá no fundo do poço o abominável zumbido de um corpo que se esmagava.

O "padrastinho" se deteve, totalmente lívido; olhou para todos os lados com seus olhos dilatados, e se aproximou do poço. Tentou olhar dentro, mas os coentros impediram-no. Então pareceu refletir, e após uma lenta olhada no poço e seus arredores começou a buscar-me.

Como, desgraçadamente para o caso fazia pouco tempo que o tio Alfonso tinha deixado de se esconder para evitar o corpo a corpo com seus pais, conservava ainda muito frescas as estratégias subsequentes, e fez o quanto era possível fazer para me achar.

Descobriu em seguida meu covil, voltando pertinazmente a ele com admirável olfato; mas apesar da folharada diluviana me ocultar totalmente, o ruído do meu corpo estatelando-se obcecava meu tio que, em consequência, não procurava bem.

Foi, pois, resolvido que eu jazia esmagado no fundo do poço, dando, então, princípio ao que chamaríamos de minha vingança póstuma. O caso era bem claro: com que cara meu tio contaria para minha mãe que eu tinha me suicidado para evitar que ele me batesse?

Passaram dez minutos.

— Alfonso! — soou de repente a voz de minha mãe no quintal.

— Mercedes? — respondeu ele depois de uma brusca sacudida.

Provavelmente minha mãe pressentiu algo, porque sua voz soou de novo, alterada.

— E Eduardo? Onde está? — completou avançando.

— Aqui, comigo! — contestou rindo — Já fizemos as pazes.

Como de longe minha mãe não podia ver sua palidez nem a ridícula careta que ele pretendia ser seu beatífico sorriso, tudo foi bem.

— Não bateu nele, não? — insistiu ainda mamãe.

— Não. Só foi uma brincadeira!

Minha mãe entrou de novo. Brincadeira! Brincadeira começava ser a minha para o "padrastinho".

Celia, minha tia mais velha, que tinha acabado de dormir a sesta, cruzou o quintal, e Alfonso a chamou com a mão. Momentos depois Celia lançava um "oh!" afogado, levando as mãos à cabeça.

— Mas, como! Que horror! Pobre, pobre Mercedes! Que golpe!

Era imprescindível resolver algo antes que Mercedes se inteirasse. Tirar-me com vida ainda?... O poço tinha catorze metros sobre pedra viva. Talvez, quem sabe... Mas para isso seria preciso trazer cordas, homens; e Mercedes...

— Pobre, pobre mãe! — repetia minha tia.

Justo é dizer que para mim, o pequeno herói, mártir de sua dignidade corporal, não houve uma só lágrima. Minha mãe monopolizava todos os entusiasmos daquela dor, sacrificando a remota probabilidade de vida que eu pudesse ainda conservar lá embaixo. O que, ferindo minha dupla vaidade de morto e de vivo, avivou minha sede de vingança.

Meia hora depois minha mãe voltou a perguntar por mim, lhe respondendo Celia com tão pobre diplomacia que minha mãe teve em seguida a certeza de uma catástrofe.

— Eduardo, meu filho! — clamou soltando-se das mãos de sua irmã que pretendia sujeitá-la, e se precipitando à quinta.

— Mercedes! Eu te juro que não! Ele saiu!

— Meu filho! Meu filho! Alfonso!

Alfonso correu a seu encontro, detendo-a ao ver que se dirigia ao poço. Minha mãe não pensava em nada concreto; mas ao ver o gesto horrorizado de seu irmão, recordou então minha exclamação de uma hora antes, e lançou um espantoso grito.

— Ai! Meu filho! Se matou! Me deixa, me deixem! Meu filho, Alfonso! Você o matou!

Levaram minha mãe sem sentidos. Não tinha me comovido nem o mínimo com o desespero de minha mãe, já que eu — motivo daquilo tudo — estava de verdade vivo e bem vivo, e com meus oito anos estava, simplesmente, brincando com a emoção, à maneira dos adultos, que usam das surpresas semitrágicas: o gosto que vai ter quando me ver!

Enquanto isso, eu gozava íntimo deleite com o fracasso do "padrastinho".

— Hum...! Me bater! — resmungava eu, ainda sob a folharada. Levantando então com cautela, sentei-me de cócoras em meu covil e peguei meu famoso cachimbo bem guardado entre a folhagem. Aquele era o momento de dedicar toda minha seriedade a esgotar o cachimbo.

A fumaça daquele tabaco umedecido, seco, tendo voltado a umedecer e ressecar infinitas vezes, tinha naquele momento um gosto de cumari, solução *Coirre* e sulfato de soda, bem mais vantajoso que na primeira vez. Empreendi, no entanto, a tarefa que sabia dura, com o cano contraído entre os dentes crispados sobre a piteira.

Fumei, quero crer que o quarto cachimbo. Só recordo que ao final o canavial se pôs completamente azul e começou a dançar a dois dedos de meus olhos. Dois ou três martelos da cada lado da cabeça começaram a me destroçar as têmporas enquanto o estômago, instalado em plena boca, aspirava ele mesmo diretamente as últimas tragadas de fumaça.

* * *

Voltei a mim quando me levavam pelos braços para casa. Apesar de me encontrar horrivelmente doente, tive o cuidado de continuar adormecido, para qualquer coisa que pudesse acontecer. Senti os braços delirantes de minha mãe sacudindo.

— Meu filho querido! Eduardo, meu filho! Ah, Alfonso, nunca te perdoarei a dor que me causou!

— Mas, vamos! — dizia minha tia mais velha. — Não seja louca, Mercedes! Já vê que não tem nada!

— Ah! — respondeu minha mãe levando as mãos ao coração em um imenso suspiro — Sim, já passou...! Mas diga-me, Alfonso, como pôde não ter feito nada? Esse poço, meu Deus...!

O "padrastinho", vencido, falou vagamente de desmoronamento, terra macia, preferindo deixar para um momento de maior calma a solução verdadeira, enquanto minha pobre mamãe não percebia a horrível infecção de fumo que exalava seu suicida.

Abri finalmente os olhos, sorri, e voltei a dormir, desta vez honesta e profundamente.

Já tarde, tio Alfonso me acordou.

— O que você mereceria que eu te fizesse? — me disse com sibilante rancor — Amanhã conto tudo para sua mãe, e já você verá o que é engraçado!

Eu via ainda bastante mal, as coisas dançavam um pouco, e o estômago continuava aderido à garganta. No entanto, respondi:

— Se contar algo para minha mãe, desta vez te juro que me atiro!

Os olhos de um jovem suicida que fumou heroicamente seu cachimbo expressam, talvez, desesperada coragem?

É possível que sim. De qualquer maneira, o "padrastinho", após me olhar fixamente, encolheu os ombros, levantando até meu pescoço o lençol um pouco caído.

— Acho que é melhor ser amigo deste micróbio — murmurou.

— Penso o mesmo. — respondi.

E dormi.

É quando me curar e não mais ter delírio...

Vai me amar ainda?

A MENINGITE e sua SOMBRA

Não me recupero de minha surpresa. Que diabos quer dizer a carta de Funes, e depois a conversa com o médico? Confesso não entender uma palavra de tudo isso.

Eis aqui o problema. Há quatro horas, às sete da manhã, recebo um cartão de Funes, que diz assim:

> *Estimado amigo:*
> *Caso não seja inconveniente, lhe rogo que passe esta noite em minha casa.*
> *Se tiver tempo, irei vê-lo antes. Muito seu.*
>
> *Luis María Funes*

Aqui começou minha surpresa. Não se convida ninguém, que eu saiba, às sete da manhã para uma suposta conversa à noite, sem um motivo sério. Que pode querer de mim Funes? Minha amizade com ele é bastante vaga, e quanto à sua casa, estive lá uma única vez. É verdade que tem duas irmãs bastante graciosas.

Assim, pois, fiquei intrigado. Isto quanto a Funes. E eis que hora depois, no momento em que saía de casa, chega o doutor Ayestarain, outro sujeito de quem fui condiscípulo no Colégio Nacional, e com quem tenho, em suma, a mesma relação distante que com Funes.

E o homem fala-me de *a*, *b* e *c*, para concluir:

— Vejamos, Durán: o senhor compreende bem que não vim vê-lo a esta hora para falar de besteiras, não é verdade?

— Me parece que sim — foi o que consegui responder.

— É claro. Assim, pois, me permita uma pergunta, uma única pergunta. Tudo o que tiver de indiscreta, explicarei em seguida. Me permite?

— Tudo o que quiser — respondi francamente, ainda que me pusesse ao mesmo tempo em guarda.

Ayestarain me olhou então sorrindo, como sorriem os homens entre eles, e me fez esta pergunta disparatada:

— Que tipo de inclinação sente você por María Elvira Funes?

Ah, ah! Era isso então! María Elvira Funes, irmã de Luis María Funes, todos em María! Mas se mal conhecia essa pessoa! Nada estranho, pois, que olhasse o médico como quem olha um louco.

— María Elvira Funes? — repeti — Nenhum grau, tampouco nenhuma inclinação. Eu mal a conheço. E agora...

— Não, me permita — me interrompeu. — Asseguro-lhe que é uma coisa bastante séria... Poderia me dar sua palavra de colega de que não há nada entre vocês dois?

— Mas está louco! — disse-lhe ao fim — Nada, absolutamente nada! Mal a conheço, volto a repetir, e não acho que ela se lembre de jamais ter me visto. Falei um minuto com ela, ou dois, três, em sua própria casa, e nada mais. Não tenho, portanto, repito pela décima vez, inclinação particular para ela.

— É estranho, profundamente estranho... — murmurou o homem, me olhando fixamente.

O galeno já começava a me aborrecer, por eminente que fosse — e era —, pisando em um terreno com o qual nada tinham a ver suas aspirinas.

— Acho que tenho agora o direito...

Mas me interrompeu de novo:

— Sim, tem direito de sobra... Quer esperar até esta noite? Com duas palavras poderá compreender que o assunto é tudo, menos uma piada... A pessoa de quem falamos está gravemente doente, quase à morte... Entendeu? — concluiu, me olhando bem nos olhos.

Eu fiz o mesmo com ele durante um momento.

— Nem uma palavra — contestei.

— Eu tampouco — apoiou, encolhendo os ombros — Por isso lhe disse que o assunto é bem sério... Ao fim desta noite saberemos algo. Irá lá? É indispensável.

— Irei. — disse, desta vez encolhendo meus ombros.

E eis aqui porque tenho passado o dia todo me perguntando como um idiota que relação pode existir entre a doença gravíssima de uma irmã de Funes, que mal me conhece, e eu, que mal a conheço.

* * *

Venho da casa de Funes. É a coisa mais extraordinária que já vi em minha vida. Metempsicose, espiritismo, telepatia e demais absurdos do mundo interior, não são nada em comparação a este, meu próprio absurdo, em que me vejo envolvido.

É um pequeno assunto para ficar louco. Veja:

Fui à casa de Funes. Luis María me levou ao escritório. Falamos um momento, nos esforçando como dois sonsos — uma vez assim evitávamos nos olhar — em falar amenidades. Por fim entrou Ayestarain, e Luis María saiu, deixando sobre a mesa o pacote de cigarros, pois tinham acabado os meus. Meu ex-condiscípulo me contou, então, o que em resumo é isso:

Quatro ou cinco noites antes, ao finalizar uma recepção em sua própria casa, María Elvira tinha se sentido mal — devido a um banho demasiado frio nessa tarde, segundo opinião da mãe. A verdade é que tinha passado a noite fatigada, e com forte dor de cabeça. À manhã seguinte, maior quebranto, febre; e à noite, uma meningite, com todo seu cortejo. O delírio, sobretudo, franco e prolongado até não poder mais. Concomitantemente, uma ansiedade angustiante, impossível de acalmar. As projeções psicológicas do delírio, por assim dizê-lo, se ergueram e giraram desde a primeira noite ao redor de um único assunto, um só, mas que absorve sua vida inteira. É uma obsessão — prosseguiu Ayestarain — uma singela obsessão de 41º. A doente tem os olhos fixos constantemente na porta, mas não chama ninguém. Seu estado nervoso se ressente dessa muda ansiedade que a está matando, e desde ontem temos pensado com meus colegas em acalmar isso... Não pode seguir assim. E o senhor sabe — concluiu — quem ela chama quando o sono a vence?

— Não sei... — respondi, sentindo que meu coração mudava bruscamente de ritmo.

— O senhor — me disse, pedindo fogo.

Ficamos, bem se compreende, um momento mudos.

— Não entende ainda? — disse por fim.

— Nem uma palavra... — murmurei aturdido, tão aturdido como pode estar um adolescente que à saída do teatro vê a primeira grande atriz que, desde a penumbra do carro, mantém aberta para ele a portinhola... Mas eu tinha já quase trinta anos, e perguntei ao médico que explicação podia ser dada sobre isso.

— Explicação? Nenhuma. Nem a mais mínima. O que o senhor quer que se saiba disso? Ah, bom... Se quer uma a todo custo, suponha-se que em uma terra há um milhão, dois milhões de sementes diferentes, como em qualquer lugar. Vem um terremoto, remove como um demônio tudo isso, tritura o resto, e brota uma semente, uma qualquer, de cima ou do fundo, dá no mesmo. Uma planta magnífica... Isso lhe basta? Não poderia dizer uma palavra mais. Por que o senhor, precisamente, que mal a conhece, e a quem a doente também não conhece muito, tem sido, em seu cérebro delirante, a semente privilegiada? Que quer que se saiba disso?

— Sem dúvida... — respondi ao seu olhar sempre interrogante, me sentindo ao mesmo tempo bastante arrefecido ao me ver convertido em sujeito gratuito de divagação cerebral, primeiro, e em agente terapêutico, depois.

Nesse momento entrou Luis María.

— Mamãe o chama — disse ao médico. E voltando-se para mim, com um sorriso forçado:

— Ayestarain inteirou-o do que acontece?... Seria coisa de enlouquecer, se fosse com outra pessoa...

Isso de *outra pessoa* merece uma explicação. Os Funes, e em particular a família de que começava eu a formar tão ridícula parte, têm um forte orgulho; por motivos de ascendência, suponho, e por sua fortuna, que me parece o mais provável. Sendo assim, se davam por toleravelmente satisfeitos de que as fantasias amorosas do formoso broto tivessem se detido em mim: Carlos Durán, engenheiro, em vez de borboletear sobre um sujeito qualquer de insuficiente posição social. Assim, pois, agradeci em meu foro íntimo a distinção com que me fazia honra o jovem patrício.

— É extraordinário... — recomeçou Luis María, fazendo correr com desgosto os fósforos sobre a mesa. E um momento depois, com um novo sorriso forçado:

— Não há inconveniente em nos acompanhar um momento? Já sabe, não? Acho que volta Ayestarain...

Efetivamente, este entrava.

— Começa outra vez... — sacudiu a cabeça, olhando unicamente para Luis María. Luis María se dirigiu então a mim com o terceiro sorriso forçado dessa noite:

— Quer ir?

— Com muito gosto — disse. E fomos.

Entrou o médico sem fazer ruído, entrou Luis María, e por fim entrei eu, todos com certo intervalo. O que primeiro me chocou, ainda que devesse ter esperado, foi a penumbra do quarto. A mãe e a irmã, de pé, me olharam fixamente, respondendo com uma curta inclinação de cabeça à minha, pois acreditei não dever passar dali. Ambas me pareceram bem mais altas.

Olhei a cama, e vi, sob a bolsa de gelo, dois olhos abertos voltados para mim. Olhei o médico, titubeando, mas este me fez um sinal imperceptível com os olhos, e me aproximei da cama.

Eu tenho alguma ideia, como todo homem, do que são dois olhos que nos amam quando nos vamos aproximando devagar deles. Mas a luz daqueles olhos, a felicidade que iam se afogando enquanto me aproximava, o mareado relâmpago de felicidade — até o estrabismo

— quando me inclinei sobre eles, jamais em um amor normal a 37 graus os voltarei a encontrar.

Balbuciou algumas palavras, mas com tanta dificuldade de seus lábios ressecados, que nada ouvi. Acho que eu sorria como um estúpido (que ia fazer, quero que me digam!), e ela estendeu então seu braço para mim. Sua intenção era tão inequívoca que lhe tomei a mão.

— Sente-se aí — murmurou.

Luis María aproximou a poltrona da cama e me sentei. Veja agora se há sido dado a pessoa alguma passar por uma situação mais estranha e disparatada:

Eu, em primeiro lugar, já que era o herói, tendo uma mão ardendo em febre e na outra um amor totalmente equivocado. E, no lado oposto, de pé, o médico. Aos pés da cama, sentado, Luis María. Apoiadas no respaldo, no fundo, a mãe e a irmã. E todos sem falar, nos olhando com o cenho franzido.

O que ia fazer? O que ia dizer? Preciso é que pensem um momento nisso. A doente, por sua vez, arrancava às vezes seus olhos dos meus e percorria com dura inquietude os rostos presentes um depois de outro, sem os reconhecer, para deixar cair outra vez seu olhar sobre mim, confiada em profunda felicidade.

Quanto tempo estivemos assim? Não sei; talvez meia hora, talvez bem mais. Em um momento tentei retirar a mão, mas a doente a oprimiu mais entre as suas.

— Ainda não... — murmurou, tentando achar mais cômoda postura à sua cabeça. Todos acudiram, esticaram os lençóis, renovou-se o gelo, e outra vez os olhos se fixaram em imóvel felicidade. Mas de vez em quando tornavam a afastar-se inquietos e percorriam as caras desconhecidas. Duas ou três vezes olhei exclusivamente o médico; mas este baixou os cílios, me indicando que esperasse. E teve razão por fim, porque de repente, bruscamente, como uma queda de sonho, a doente fechou os olhos e dormiu.

Saímos todos, menos a irmã, que ocupou meu lugar na poltrona. Não era fácil dizer algo — para mim ao menos. A mãe, finalmente, se dirigiu a mim com um triste e seco sorriso:

— Que coisa mais horrível, não? Dá pena!

Horrível, horrível! Não era a doença, senão a situação que lhes parecia horrível. Estava claro que todas as galanterias iam ser para mim naquela casa. Primeiro o irmãozinho, depois a mãe... — Ayestarain, que nos tinha deixado um instante, saiu muito satisfeito pelo estado da doente; descansava com uma placidez ainda desconhecida. A mãe olhou para o outro lado, e eu olhei o médico. Eu podia ir, claro que sim, e me despedi.

Dormi mal, cheio de sonhos que nada têm a ver com minha habitual vida. E a culpa disso está na família Funes, com Luis María, mãe, irmãs e parentes colaterais. Porque se resumir bem a situação, ela dá o seguinte:

Há uma jovem de dezenove anos, muito bela sem dúvida alguma, que mal me conhece e a quem eu lhe sou profunda e totalmente indiferente. Isso quanto à María Elvira. Há, por outro lado, um sujeito jovem também — engenheiro, se quiser — que não se recorda ter pensado duas vezes seguidas na jovem em questão. Tudo isso é razoável, inteligível e normal.

Mas, eis aqui que a jovem formosa se adoenta, de meningite ou coisa do gênero, e em delírio da febre, única e exclusivamente no delírio, se sente abrasada de amor. Por um primo, um irmão de seus amigos, um jovem mundano que ela conhece bem? Não, senhor; por mim.

Isso é bastante idiota? Tomo, pois, uma determinação que farei conhecer ao primeiro dessa bendita casa que chegue até minha porta.

* * *

— Sim, é claro! Como o esperava. Ayestarain veio me ver ao meio-dia. Não pude deixar de perguntar pela doente e sua meningite.

— Meningite? — disse — Sabe Deus o que é! A princípio parecia isso, e ontem à noite também... Hoje já não temos ideia do que seja.

— Mas, enfim — objetei — sempre uma doença cerebral...

— E medular, claro está... Com umas lesõezinhas quem sabe onde... O senhor entende algo de medicina?

— Muito vagamente...

— Bom; há uma febre remitente, que não sabemos de onde sai... Era um caso para marchar a toda pressa para a morte... Agora há remissões, tac — tac — tac, exatas como um relógio...

— Mas o delírio — insisti — existe sempre?

— Sim, claro! Há de tudo ali... E a propósito, esta noite esperamos o senhor.

Agora tinha chegado a minha vez de fazer medicina a meu modo. Disse-lhe que minha própria substância tinha cumprido já seu papel curativo na noite anterior, e que não pensava ir mais.

Ayestarain me olhou fixamente:

— Por quê? O que aconteceu?

— Nada, senão que não creio sinceramente que eu seja necessário lá... Diga-me: você tem ideia do que é estar em uma posição humilhantemente ridícula; sim ou não?

— Não se trata disso...

— Sim, trata-se disso, de desempenhar um papel estúpido... Curioso que não compreenda!

— Compreendo de sobra... Mas me parece algo assim como... — não se ofenda — questão de amor próprio.

— Muito lindo! — saltei — Amor próprio! E não lhes ocorre outra coisa! Parece-lhes questão de amor próprio ir sentar-se como um idiota para que me tomem a mão a noite inteira ante toda a parentada com o cenho franzido! Se aos senhores lhes parece uma simples questão de amor próprio, se arranjem entre vocês. Eu tenho outras coisas que fazer.

Ayestarain compreendeu, ao que parece, a parte de verdade que tinha nisso, porque não insistiu e até que se foi não voltamos a falar do assunto.

Tudo isso está bem. O que não o está tanto é que faz dez minutos acabo de receber um bilhete do médico, assim concebido:

Amigo Durán:

Com toda sua bagagem de rancores, você nos é indispensável esta noite.

Suponha-se uma vez mais que o senhor tome cloral, veronal, ou o hipnótico que menos lhe irrite os nervos, e venha.

Disse um momento antes que o mau era a precedente carta. E tenho razão, porque desde esta manhã não esperava senão esta carta...

* * *

Durante sete noites consecutivas — de onze a uma da manhã, momento em que remetia a febre, e com ela o delírio — tenho permanecido ao lado de María Elvira Funes, tão perto como podem estar dois amantes. Estendeu-me às vezes sua mão como na primeira noite, e em outras se preocupou em soletrar meu nome, me olhando. Sei com certeza, pois, que me ama profundamente nesse estado, não ignorando também que em seus momentos de lucidez não tem a menor preocupação por minha existência, presente ou futura. Isso cria assim um caso de psicologia singular de que um novelista poderia tirar algum partido. No que se refere a mim, sei dizer que esta dupla vida sentimental me tocou fortemente o coração. O problema é este: María Elvira, se é que talvez não o disse, tem os olhos mais admiráveis do mundo. Está bem que na primeira noite eu não visse em seu olhar senão o reflexo de minha própria situação ridícula de remédio inócuo. Na segunda noite senti menos minha insuficiência real. Na terceira vez não me custou esforço algum me sentir o ente feliz que simulava ser, e desde então vivo e sonho com esse amor, que com a febre enlaça sua cabeça à minha.

Que fazer? Bem sei que tudo isso é transitório, que de dia ela não sabe quem sou, e que eu mesmo talvez não a ame quando a veja de pé. Mas os sonhos de amor, ainda que sejam de duas horas e a 40 graus, se pagam no dia, e muito temo que, se há uma pessoa no mundo à qual esteja exposto a amar a plena luz, ela não seja meu vão amor noturno... Amo, pois, uma sombra, e penso com angústia no dia que Ayestarain considere sua doente fora de perigo, e não precise mais de mim.

Crueldade esta que apreciarão em toda sua cálida simpatia os homens que estão apaixonados, de uma sombra ou não.

* * *

Ayestarain acaba de sair. Me disse que a doente segue melhor, e que ou muito se equivoca, ou me verei, em um destes dias, livre da presença de María Elvira.

— Sim, companheiro — disse — livre de veladas ridículas, de amores cerebrais e cenhos franzidos... Se lembra?

Minha cara não deve expressar suprema alegria, porque o malicioso galeno começa a rir e completa:

— Vamos lhe dar em compensação um ressarcimento... Os Funes têm vivido estes quinze dias com a cabeça no ar, e não estranhe se eles esqueceram muitas coisas, sobretudo no que se refere ao senhor... Por enquanto, hoje jantamos lá. Sem sua bem-aventurada pessoa, dito seja de passagem, e o amor de outrora, não sei em que teria acabado aquilo... Que diz você?

— Digo — respondi — que quase estou tentado a declinar a honra que me fazem os Funes, admitindo-me em sua mesa.

Ayestarain começou a rir.

— Não zombe!... Repito que não sabiam onde tinham a cabeça...

— Mas para ópio e morfina, e calmante de *mademoiselle*, sim, certo? Para isso não se esqueciam de mim!

Meu homem se pôs sério e me olhou detidamente.

— Sabe o que penso, companheiro?
— Diga.
— Que você é o indivíduo mais feliz da terra.
— Eu, feliz?...
— Ou mais sortudo. Entende agora?

E ficou me olhando. Hum! — disse a mim mesmo — Ou eu sou um idiota, que é o mais possível, ou este galeno merece que o abrace até partir o termômetro no bolso. O maligno sujeito sabe mais do que parece, e talvez, talvez... Mas volto ao de idiota, que é o mais seguro.

— Feliz?... — repeti, no entanto — Pelo amor extravagante que o senhor inventou com sua meningite?

Ayestarain tornou a me olhar fixamente, mas desta vez acreditei notar um vago, vaguíssimo tom de amargura.

— E ainda que não fosse mais que isso, grandíssimo sonso... — murmurou me apanhando pelo braço para sair.

No caminho — fomos ao Águila para tomar um vermute — me explicou bem claro três coisas.

Primeiro, que minha presença ao lado da doente era absolutamente necessária, dado o estado de profunda excitação — depressão, tudo junto, de seu delírio. Segundo, que os Funes o tinham compreendido assim, nem mais nem menos, a despeito da estranheza, sub-reptícia e inconveniente que pudesse parecer a aventura, constando, está claro, o artificial de todo aquele amor. Terceiro, que os Funes confiam singelamente em minha educação, para que me dê conta — sumamente clara — do sentido terapêutico que tem tido minha presença ante a doente, e a da doente ante mim.

— Sobretudo o último, não é? — agreguei à guisa de comentário — O objeto de toda esta conversa é este:

que eu jamais vá achar que María Elvira sente a menor inclinação real por mim. É isso?

— Claro! — Encolheu os ombros o médico. — Ponha-se no lugar deles...

E tem razão o bendito homem. Porque à única probabilidade de que ela...

Ontem à noite jantei na casa dos Funes. Não era precisamente uma refeição alegre, se bem que Luis María, pelo menos, esteve muito cordial comigo. Gostaria de dizer o mesmo da mãe, mas por mais esforços que fazia para tornar a mesa agradável, evidentemente não vê em mim senão um intruso a quem em certas horas sua filha prefere um milhão de vezes. Está ciumenta, e não devemos condená-la. Quanto aos demais, alternavam-se com sua filha para ir ver a doente. Esta tinha tido um bom dia, tão bom que pela primeira vez após quinze dias não teve essa noite aumento sério de febre, e ainda que eu ficasse até a uma por pedido de Ayestarain, tive que voltar para casa sem a ter visto um instante. Compreende-se isso? Não vê-la um dia todo! Ah! Se por bênção de Deus, a febre de 40, 80, 120 graus, qualquer febre, caísse esta noite sobre sua cabeça...

E aqui está! Esta única linha do bendito Ayestarain:

Delírio de novo. Venha em seguida.

Todo o supracitado é suficiente para enlouquecer de qualquer maneira um homem discreto. Veja isso agora:

Quando entrei ontem à noite, María Elvira me estendeu seu braço como da primeira vez. Deitou sua face sobre a bochecha esquerda, e cômoda assim, fixou os olhos em mim. Não sei que me diziam seus olhos: possivelmente me davam toda sua vida e toda sua alma em uma entrega infinitamente feliz. Seus lábios me disseram algo, e tive que me inclinar para ouvir:

— Sou feliz — sorriu.

Passado um momento seus olhos me chamaram de novo, e me inclinei outra vez.

— E depois... — mal murmurou, fechando os olhos com lentidão. Acho que teve uma súbita fuga de ideias. Mas a luz, a insensata luz que extravia o olhar nos relâmpagos de felicidade, inundou de novo seus olhos. E desta vez ouvi bem claro, senti claramente sobre meu rosto esta pergunta:

— E quando me curar e não tiver mais delírio... vai me amar ainda?

Loucura que cavalgou sobre meu coração! Depois! Quando não tiver mais delírio! Mas estávamos todos loucos na casa, ou havia ali, projetado fora de mim mesmo, um eco à minha incessante angústia do depois? Como é possível que ela dissesse isso? Tinha meningite ou não? Tinha delírio ou não? Então minha María Elvira...

Não sei o que respondi; presumo que qualquer coisa que escandalizaria à parentada toda se tivessem ouvido. Mas apenas tinha murmurado; tinha murmurado com um sorriso... E dormiu.

De volta à casa, minha cabeça era uma vertigem viva, com loucos impulsos de saltar ao ar e lançar alaridos de felicidade. Quem, dentre nós, pode jurar que não teria sentido o mesmo? Porque as coisas, para serem claras, devem ser propostas assim: a doente com delírio, que por uma aberração psicológica qualquer, ama *unicamente* X em seu delírio. Isso por um lado. Pelo outro, o mesmo X, que desgraçadamente para ele, não se sente com forças para resumir-se, exclusivamente, ao seu papel medicamentoso. E eis aqui que a doente, com sua meningite e sua inconsciência — sua incontestável inconsciência —, murmura a nosso amigo:

— E quando não tiver mais delírio... ainda me amará?

Isso é o que eu chamo de um pequeno caso de loucura, claro e rotundo. Ontem à noite, quando chegava em casa, acreditei por um momento ter achado a solução, que seria esta: María Elvira, em sua febre, sonhava que estava acordada. A quem nunca ocorreu sonhar que está sonhando? Nenhuma explicação é mais simples, está claro.

Mas, quando há dois olhos imensos como tela desse amor mentiroso, que nos empapando de felicidade, se inundam num amor que não se pode mentir, quando se viu esses *olhos* percorrerem com dura estranheza os rostos familiares, para cair em assombrosa felicidade ante alguém, apesar do delírio e de cem mil delírios como esse, esse alguém tem o direito de sonhar toda a noite com aquele amor, ou sejamos mais explícitos: com María Elvira Funes.

Sonho, sonho e sonho! Passaram-se dois meses, e creio às vezes sonhar ainda.

Fui eu ou não, por Deus bendito, aquele a quem estendeu a mão, e o braço nu até o cotovelo, quando a febre ainda tornava hostis os rostos bem amados da casa? Fui eu ou não quem apaziguou em seus *olhos*, durante minutos imensos de eternidade, o olhar marcado de amor de minha María Elvira?

Sim, fui eu. Mas isso está acabado, concluído, finalizado, morto, imaterial, como se nunca tivesse sido. E no entanto...

Voltei a vê-la vinte dias depois. Já estava sã, e jantei com eles. Houve a princípio uma evidente alusão aos desvarios sentimentais da doente, tudo com grande tato da casa, no que cooperei quanto me foi possível, pois nesses vinte dias decorridos não tinha sido menor minha preocupação em pensar na discrição que devia eu demonstrar nessa primeira entrevista.

Tudo foi às mil maravilhas, no entanto:

— E o senhor — me disse a mãe sorrindo — descansou totalmente das fadigas que lhe causamos?

— Oh, era muito pouca coisa!... E ainda — concluí rindo também — estaria disposto a suportá-la de novo...

María Elvira, por sua vez, sorriu.

— O senhor sim; mas eu não; lhe asseguro!

A mãe a olhou com tristeza:

— Pobre de minha filha! Quando penso nos disparates que te ocorreram... Enfim — voltou-se a mim com agrado — O senhor é agora, poderíamos dizer, de casa, e lhe asseguro que Luis María o estima muitíssimo.

O aludido pôs a mão no meu ombro e me ofereceu cigarros.

— Fume, fume, e não faça caso.

— Mas Luis María! — censurou a mãe, quase séria — Qualquer um entenderia ao te ouvir que estamos dizendo mentiras a Durán!

— Não, mãe; o que disse está perfeitamente bem dito; mas Durán me entende.

O que eu entendia era que Luis María queria acabar com amabilidades mais ou menos sem graças; mas não o agradeci nada.

Entretanto, nas vezes em que podia, sem chamar a atenção, fixava os olhos em María Elvira. Finalmente! Já a tinha ante mim sã, bem sã. Tinha esperado e temido com ânsia esse instante. Tinha amado uma sombra, ou melhor, dois olhos e trinta centímetros de braço, pois o resto era uma longa mancha branca. E daquela penumbra, como de um casulo taciturno, tinha se levantado aquela esplêndida figura fresca, indiferente e alegre, que não me conhecia. Me olhava como a um amigo da casa, no qual é preciso deter um segundo os olhos quando se conta algo ou se comenta uma frase alegre. Mas nada além disso. Nem o mais leve rastro do passado, nem sequer afetação de não me olhar, com o que tinha eu contado como último triunfo de meu jogo. Era um sujeito — não digamos sujeito, senão ser — absolutamente desconhecido para ela. E pense agora na graça que me fazia recordar, enquanto a olhava, que uma noite esses mesmos olhos agora frívolos me tinham dito, a oito dedos dos meus:

— E quando estiver sã... Ainda me amará?

Para que buscar luzes, fogos-fátuos de uma felicidade morta, selada a fogo no cofrezinho formigante de uma febre cerebral! Esquecê-la... Sendo o que desejei, era precisamente o que não podia fazer.

Mais tarde, no *hall*, achei modo de me isolar com Luis María, mas colocando este entre María Elvira e eu; podia assim a olhar impunemente sob o pretexto de que minha vista ia naturalmente para além de meu interlocutor. E é extraordinário como seu corpo, desde o mais alto cabelo de sua cabeça ao salto de seus sapatos, era um vivo desejo, e como ao cruzar o *hall* para entrar, a cada golpe de sua saia contra o piso envernizado, ia arrastando minha alma como um papel.

Voltou-se, riu, cruzou roçando ao meu lado, sorrindo forçadamente, pois estava de passagem, enquanto eu, como um idiota, continuava sonhando com uma súbita detenção a meu lado, e não uma, senão duas mãos, postas sobre minhas têmporas.

E, bem agora que me vê de pé, ainda me ama?

Bah! Morto, bem morto, me despedi e oprimi um instante aquela mão fria, amável e rápida.

* * *

Há, no entanto, uma coisa absolutamente certa, e é esta: María Elvira pode não recordar o que sentiu em seus dias de febre; admito isso. Mas está perfeitamente inteirada do que aconteceu, pelos relatos posteriores. Logo, é impossível que eu esteja para ela desprovido do menor interesse. De encantos — Deus perdoe-me! — tudo o que ela queira. Mas de interesse, o homem com quem sonhou vinte noites seguidas, isso não. Portanto, sua perfeita indiferença a meu respeito não é racional. Que vantagens, que remota probabilidade de felicidade pode me trazer a comprovação disso? Nenhuma, que eu veja. María Elvira se previne, assim, contra minhas possíveis pretensões daquilo; eis aqui tudo.

No que não tem razão. Que eu goste desesperadamente, muito bem. Mas que eu vá exigir o cumprimento de uma nota promissória de amor assinado sobre uma pasta de meningite, diabo, isso não!

* * *

Nove da manhã. Não é hora muito decente de se deitar, mas assim é. Do baile na casa de Rodríguez Peña para Palermo. Depois para o bar. Tudo perfeitamente sozinho. E agora para a cama.

Mas não sem me dispor a terminar o pacote de cigarros, antes que o sono venha. E aqui está a causa: dancei ontem à noite com María Elvira. E depois de dançar, falamos assim:

— Estes pontinhos na pupila — me disse, frente um ao outro, na mesinha do buffet — não se foram ainda. Não sei o que é... Antes da minha doença não os tinha.

Precisamente nossa vizinha de mesa acabava de lhe fazer notar esse detalhe, com o qual seus olhos não ficavam senão mais luminosos.

Mal comecei a responder, me dei conta da queda; mas já era tarde.

— Sim — disse, observando seus olhos — Lembro-me de que antes não os tinha...

E olhei para outro lado. Mas María Elvira começou a rir:

— É verdade; o senhor deve saber mais que ninguém.

Ah! Que sensação de imensa lápide derrubada finalmente de sobre meu peito! Era possível falar disso, por fim!

— Isso creio — respondi — Mais que ninguém, não sei... Mas sim; sobre o momento a que se refere, mais que ninguém, com segurança!

Me detive de novo; minha voz começava a baixar demasiado de tom.

— Ah, sim! — sorriu María Elvira. Afastou os olhos, séria já, alçando aos casais que passavam ao nosso lado. Transcorreu um momento, para ela de perfeito esquecimento do que falávamos, suponho, e de sombria angústia para mim. Mas sem baixar os olhos, como se lhe interessassem sempre os rostos que cruzavam em sucessão de filme, completou um instante depois:

— Quando era meu amor, ao que parece.
— Perfeitamente bem dito — disse — Seu amor, *ao que parece*.
Ela me olhou então em cheio.
— Não...
E se calou.
— Não... O quê? Conclua.
— Para quê? É uma bobagem.
— Não importa; conclua.
Ela começou a rir:
— Para quê? Enfim... Não irá supor que não era *ao que parece*?
— Isso é um insulto gratuito — respondi — Eu fui o primeiro a comprovar a exatidão da coisa, quando eu era seu amor... *ao que parece*.
— Outra vez!... — murmurou. O demônio da loucura me arrastou depois daquele "outra vez!" zombador, a uma pergunta que nunca devesse ter feito.
— Ouça, María Elvira — me inclinei — você não recorda nada, não é verdade, nada daquela ridícula história?
Me olhou muito séria, com altivez se quiser, mas ao mesmo tempo com atenção, como quando nos dispomos a ouvir coisas que apesar de tudo não nos desagradam.
— Que história? — disse.
— A outra, quando eu vivia a seu lado... — fiz notar com suficiente clareza.
— Nada... absolutamente nada.
— Vejamos; me olhe um instante...
— Não, ainda que o olhe...! — lançou uma gargalhada.
— Não, não é isso! Você me olhou demasiado antes para que eu não saiba... Queria dizer isto: Não se lembra

de me ter dito algo... duas ou três palavras, nada mais... A última noite que teve febre?

María Elvira contraiu as sobrancelhas um longo instante, e levantou-as depois, mais altas que o natural. Me olhou atentamente, sacudindo a cabeça:

— Não, não lembro....

— Ah! — me calei.

Passou um momento. Vi de soslaio que me olhava ainda.

— Quê? — murmurou.

— Quê... O quê? — repeti.

— Que lhe disse?

— Também não me lembro mais...

— Sim, se lembra... Que lhe disse?

— Não sei, lhe garanto...

— Sim, sabe...! Que lhe disse?

— Vejamos! — me aproximei de novo dela — Se você não recorda absolutamente nada, já que tudo era uma alucinação de febre, que pode lhe importar o que me tenha ou não dito em seu delírio?

O golpe era sério. Mas María Elvira não pensou em contestá-lo, se contentando em me olhar um instante mais e afastar a vista com uma curta sacudida de ombros.

— Vamos — disse bruscamente — Quero dançar esta valsa.

— É justo. — me levantei — O sonho de valsa que dançávamos não tem nada de divertido.

Não me respondeu. Enquanto avançávamos para o salão, parecia buscar com os *olhos* algum de seus habituais colegas de valsa.

— Que sonho de valsa desagradável para você? — disse-me de repente, sem deixar de percorrer o salão com a vista.

— Uma valsa de delírio... Não tem nada que ver com isso — Encolhi os ombros.

Achei que não falaríamos mais essa noite. Mas ainda que María Elvira não respondera uma palavra, também não pareceu achar o colega ideal que buscava. De maneira que, detendo-se, me disse com um sorriso forçado — o inevitável forçado sorriso que campeou sobre toda aquela história:

— Se quer, então, dance esta valsa com seu amor...

— ... *Ao que parece*. Não digo uma palavra mais — respondi, passando a mão por sua cintura.

* * *

Um mês mais decorrido. Pensar que a mãe, Angélica e Luis María estão para mim agora cheios de poético mistério! A mãe, claro, é a pessoa a quem María Elvira trata por "você" e beija mais intimamente. Sua irmã a viu desvestir-se. Luis María, por sua vez, se permite passar-lhe a mão pelo queixo quando ela entra e está sentada de costas. Três pessoas bem felizes, como se vê, e incapazes de apreciar a felicidade em que se veem envolvidas.

Quanto a mim, passo a vida levando cigarros à boca como quem queima margaridas: bem me quer?... Mal me quer?

Após o baile na casa do Peña, estive com ela muitas vezes — em sua casa, claro, todas as quartas-feiras.

Conserva seu mesmo círculo de amigos, anima a todos com seu riso, e flerta admiravelmente todas as vezes que alguém o propõe. Mas sempre acha um modo de não me perder de vista. Isso quando está com os outros. Mas quando está comigo não afasta os olhos de mim.

Isso é razoável? Não, não é. E por isso tenho há um mês uma boa laringite, de tanto fumar.

Ontem à noite, no entanto, tivemos um momento de trégua. Era quarta-feira. Ayestarain conversava comigo, e um breve olhar de María Elvira, lançado para nós por sobre os ombros do quádruplo flerte que a rodeava, pôs sua esplêndida figura em nossa conversa. Falamos dela e, fugazmente, da velha história. Um momento depois María Elvira se deteve ante nós.

— De que falavam?

— De muitas coisas; de você em primeiro lugar — respondeu o médico.

— Ah, já imaginei... — e buscando para si uma poltroninha estilo romana, se sentou com as pernas cruzadas, o busto estendido para frente, com o rosto apoiado na mão.

— Sigam; já escuto.

— Contava a Durán — disse Ayestarain — que casos como o que ocorreu com você em sua doença são raros, mas há alguns. Um autor inglês, não recordo qual, cita um. Somente que é mais feliz que o seu.

— Mais feliz? E por quê?

— Porque naquele não há febre, e ambos se amam em sonhos. Ao contrário, neste caso, era unicamente você que amava...

Já disse que a atitude de Ayestarain tinha me parecido sempre um tanto tortuosa com respeito a mim? Se não o disse, tive naquele momento um fulminante desejo de fazê-lo sentir, não somente com o olhar.

Não obstante, algo desse anseio deve ter transparecido em meus olhos, porque este se levantou rindo:

— Os deixo para que façam as pazes.

— Bicho maldito! — murmurei quando se afastou.

— Por quê? O que fez a você?

— Diga-me, María Elvira. — exclamei — Fez amor com você alguma vez?

— Quem, Ayestarain?

— Sim, ele.

Me olhou titubeando a princípio. Depois, plenamente nos olhos, séria:

— Sim — respondeu.

— Ah, eu já esperava...! Pelo menos esse tem sorte... — murmurei, já amargurado por tudo.

— Por quê? — me perguntou.

Sem responder, encolhi violentamente os ombros e olhei para outro lado. Ela seguiu minha vista. Passou um momento.

— Por quê? — insistiu, com essa obstinação pesada e distraída das mulheres quando começam a se achar perfeitamente à vontade com um homem. Estava agora e esteve durante os breves momentos que seguiram, de pé, com o joelho sobre a poltroninha. Mordia um papel — jamais soube de onde saiu — e me olhava, subindo e baixando imperceptivelmente as sobrancelhas.

— Por quê? — respondi por fim — Porque pelo menos teve ele a sorte de não ter servido de fantoche ridículo ao lado de uma cama, e pode falar seriamente, sem ver subir e baixar as sobrancelhas como se não entendesse o que digo... Compreende agora?...

María Elvira me olhou uns instantes pensativa, e depois moveu negativamente a cabeça, com seu papel nos lábios.

— É verdade ou não? — insisti, mas já com o coração veloz.

Ela tornou a sacudir a cabeça:

— Não, não é verdade...

— María Elvira! — chamou Angélica de longe.

Todos sabem que a voz dos irmãos costuma ser das mais inoportunas. Mas jamais uma voz fraternal caiu como um dilúvio de gelo e um balde de água fria, tão fora de propósito como daquela vez.

María Elvira atirou o papel e baixou o joelho.

— Vou embora — disse rindo, com o riso que já conhecia quando confrontava um flerte.

— Só um momento! — lhe disse.

— Nem mais um! — me respondeu afastando-se já e negando com a mão.

Que me restava fazer? Nada, a não ser engolir o papelzinho úmido, afundar a boca no oco que tinha deixado seu joelho, e lançar a poltrona contra a parede. E me jogar em seguida contra um espelho, por ser imbecil. A imensa raiva de mim mesmo me fazia sofrer, sobretudo. Intuições viris! Psicologias de homem vivido! E a primeira sedutora cujo joelho fica marcado ali, debocha de tudo isso com uma desfaçatez sem igual!

* * *

Não posso mais. Quero-a como um louco, e não sei — o que é mais amargo ainda — se ela me quer realmente ou não. Ademais, sonho, sonho demasiado, e coisas como: íamos de braços dados por um salão, ela toda de branco, e eu como um vulto negro a seu lado. Não tinha mais que pessoas de idade no salão, e todas sentadas, nos olhando passar. Era, no entanto, um salão de baile. E diziam de nós: A meningite e sua sombra. Acordei, e voltei a sonhar: o tal salão de baile era frequentado pelos mortos diários de uma epidemia. O traje branco de María Elvira era um sudário, e eu era a mesma sombra de antes, mas tinha agora um termômetro. Éramos sempre: A meningite e sua sombra.

Que posso fazer com sonhos desta natureza? Não posso mais. Vou para a Europa, para a América do Norte, a qualquer lugar onde possa esquecê-la.

Para quê ficar? Para recomeçar a história de sempre, me queimando sozinho, como um palhaço, ou para nos desencontrarmos cada vez que estamos juntos? Ah, não! Acabemos com isso. Não sei o bem que poderá fazer aos meus planos esta ausência sentimental (e sim, sentimental, ainda que não queira!), mas ficar seria ridículo, e estúpido, e não há mais por quê divertir María Elvira.

* * *

Poderia escrever aqui coisas aceitavelmente diferentes das que acabo de anotar, mas prefiro contar simplesmente o que aconteceu no último dia que vi María Elvira.

Por bravata, ou desafio a mim mesmo, ou quem sabe por que mortuária esperança de suicida, fui na tarde anterior à minha partida me despedir dos Funes. Já fazia dez dias que tinha minhas passagens no bolso — por onde se verá quanto desconfiava de mim mesmo.

María Elvira estava indisposta — assunto de garganta ou enxaqueca — mas visível.

Passei um momento à antessala para saudá-la. Encontrei-a folheando músicas, desanimada. Ao me ver surpreendeu-se um pouco, ainda teve tempo de lançar uma rápida olhadela ao espelho. Tinha o rosto abatido, os lábios pálidos, e os olhos afundados de olheiras. Mas era ela sempre, mais formosa ainda para mim porque a perdia.

Disse singelamente que partiria, e que lhe desejava muita felicidade.

A princípio não me compreendeu.

— Partirá? Para onde?

— Para a América do Norte... Acabo de dizer.

— Ah! — murmurou, marcando bem claramente a contração dos lábios. Mas em seguida me olhou, inquieta.

— Está doente?

— Pst...! Não precisamente... Não estou bem.

— Ah! — murmurou de novo. E olhou para afora através dos vidros abrindo bem os olhos, como quando alguém perde o pensamento.

Quanto ao resto, chovia na rua e a antessala não estava clara.

Voltou-se para mim.

— Por que vai? — me perguntou.

— Hum! — sorri — Seria muito longo, infinitamente longo de contar... Enfim, vou embora.

María Elvira fixou ainda os olhos em mim e sua expressão preocupada e atenta se tornou sombria. Concluamos, disse a mim mesmo. E me adiantando:

— Bom, María Elvira...

Me estendeu lentamente a mão, uma mão fria e úmida de enxaqueca.

— Antes de ir — me disse — não quer me dizer por que vai?

Sua voz tinha um tom baixo. Meu coração batia loucamente, mas como num relâmpago a vi diante de mim, como naquela noite, afastando-se rindo e negando com a mão: "Não, já estou satisfeita"... Ah, não, eu também! Aquilo era o bastante!

— Vou — disse bem claro — porque estou até aqui de dor, de ser ridicularizado e ter vergonha de mim mesmo! Está contente agora?

Tinha ainda sua mão na minha. Retirou-a, voltou-se lentamente, tirou a música do atril para colocar sobre o piano, tudo com pausa e mesura, e me olhou de novo, com esforçado e doloroso sorriso:

— E se eu... Pedisse que não se vá?

— Mas por Deus bendito! — exclamei. Não se dá conta de que está me matando com estas coisas! Estou farto de sofrer e de jogar na minha cara a minha infelicidade! Que ganhamos, que ganha você com estas coisas? Não, já basta! Você sabe — acrescentei me adiantando — o que você me disse aquela última noite de sua doença? Quer que te diga? Quer?

Ficou imóvel, toda *olhos*.

— Sim, diga...

— Bom! Você me disse, e maldita seja a noite em que ouvi, você me disse bem claro isso: e quan-do-não-ti-ver--mais-de-lí-rio, vo-cê-ain-da-me-a-ma-rá? Você tinha delírio ainda, já sei... Mas que quer que faça eu agora? Ficar aqui, ao seu lado, dessangrando vivo com seu modo de ser, porque te amo como um idiota...? Isso é bem claro também, não é? Ah! Garanto que não é vida a que levo! Não, não é vida!

E apoiei a testa no vidro, desfeito, sentindo que após o que tinha dito, minha vida se derrubava para sempre.

Mas era necessário concluir, e me voltei: ela estava ao meu lado, e em seus *olhos* — como em um relâmpago de felicidade desta vez —, vi em seus olhos resplandecer, marear-se, soluçar, a luz de úmida felicidade que acreditava morta já.

— María Elvira! — gritei, creio — Meu amor querido! Minha alma adorada!

E ela, em silenciosas lágrimas de tormento concluído, vencida, entregue, contente, tinha achado por fim sobre meu peito, postura cômoda a sua cabeça.

* * *

E nada mais. Terá coisa mais singela que tudo isso? Eu sofri, é bem possível, chorei, uivei de dor, e devo crer porque assim o escrevi. Mas, que endiabradamente longe está isso tudo! E tanto mais longe porque — e aqui está o mais gracioso desta nossa história — ela está aqui, a meu lado, lendo o que escrevo, com a cabeça sobre a caneta. Protestou, bem se vê, ante não poucas observações minhas; mas em honra da arte literária em que nos temos engolfado com tanta desfaçatez, se resigna como boa esposa. Quanto ao demais, ela crê comigo que a impressão geral da narração reconstruída por etapas, é um reflexo bastante acertado do que aconteceu, sentimos e sofremos. O qual, para obra de um engenheiro, não está de todo mau.

Neste momento, María Elvira me interrompe para dizer que a última linha escrita não é verdade: minha narração não só não está bem, está muito bem. E como argumento irrefutável, me joga os braços ao pescoço e me olha, não sei se a muito mais que cinco centímetros.

— É verdade? — murmura, ou arrulha, melhor dizer.
— Posso colocar arrulha? — pergunto.
— Sim, é isso, é isso! — e me dá um beijo.
Que mais posso acrescentar?

A esplendida beleza
daqueles olhos sombrios

Os OLHOS SOMBRIOS

Depois das primeiras semanas após romper com Elena, uma noite não pude evitar assistir a um baile. Achava-me há muito tempo sentado e excessivamente entediado, quando Julio Zapiola, vendo-me ali, veio saudar-me. Zapiola é um homem jovem, dotado de rara elegância e virilidade de caráter. Muitos anos atrás tinha-o estimado, e então voltava da Europa, após longa ausência.

Assim nossa conversa, que em outra ocasião não teria passado de oito ou dez frases, se prolongou desta vez em longa e desafogada sinceridade. Soube que tinha se casado: sua mulher estava ali mesmo essa noite. De minha parte, o informei de meu noivado com Elena e sua recente ruptura. Possivelmente me queixei da amarga situação, pois recordo ter-lhe dito que acreditava, de toda forma, ser impossível qualquer acerto.

— Não acredite nesses abalos — me disse Zapiola com ar tranquilo e sério — Quase nunca se sabe, a princípio, o que acontecerá ou se fará depois. Eu tenho em meu casamento uma novela infinitamente mais complicada que a sua; a qual não impede que eu seja hoje o marido mais feliz da terra. Ouça-a, porque para você poderá ser de grande proveito. Há cinco anos via com grande frequência Vezzera, um amigo do colégio a quem tinha querido muito antes, e sobretudo ele a mim. O quanto prometia o rapaz realizou-se plenamente no homem; era como antes, inconstante, apaixonado, com depressões e exaltações afeminadas. Todas as suas ânsias e suspeitas eram enfermiças, e você não imagina de que modo sofre e faz sofrer com este modo de ser.

Um dia me disse que estava apaixonado, e que possivelmente se casaria muito em breve. Ainda que me falasse com louco entusiasmo da beleza de sua noiva, esta sua apreciação da formosura em questão não tinha para mim nenhum valor. Vezzera insistiu, se irritando com meu orgulho.

— Não sei o que tem a ver o orgulho com isso — observei.

— Sim, é isso! Eu sou enfermiço, excitável, exposto a contínuas ilusões e devo me equivocar sempre. Você não! O que disse é a ponderação justa do que vê!

— Te juro...

— Bah, me deixe em paz! — concluiu cada vez mais irritado com minha tranquilidade, que era para ele outra manifestação de orgulho.

Cada vez que voltei a vê-lo nos dias sucessivos, achei-o mais exaltado com seu amor. Estava mais magro, e seus olhos, carregados de olheiras, brilhavam de febre.

— Quer fazer uma coisa? Vamos esta noite a sua casa. Já lhe falei de você. Verá se é ou não como te disse.

Fomos. Não sei se você já sofreu uma impressão semelhante, mas quando ela me estendeu a mão e nos olhamos, senti que por esse contato morno, a esplêndida beleza daqueles olhos sombrios e daquele corpo mudo se infiltrava numa onda quente em todo meu ser.

Quando saímos, Vezzera me disse:

— E?... É como te disse?

— Sim — respondi.

— Uma pessoa impressionável pode, então, comunicar uma impressão conforme a realidade?

— Desta vez, sim — não pude deixar de rir.

Vezzera me olhou de soslaio e se calou por um longo tempo.

— Parece — disse de repente — que não fez senão me conceder por suma graça sua beleza!

— Mas está louco? — respondi.

Vezzera encolheu os ombros como se eu tivesse esquivado sua resposta. Continuou sem falar comigo, visivelmente desagradado, até que finalmente voltou outra vez a mim seus olhos de febre.

— Verdade? De verdade me jura que te pareceu linda?

— Mas claro, idiota! Me parece lindíssima; quer mais?

Se acalmou então, e com a reação inevitável de seus nervos femininos, passou comigo uma hora de louco entusiasmo, se abrasando ao lembrar de sua noiva.

Fui várias vezes mais com Vezzera. Uma noite, a um novo convite, respondi que não me achava bem e que o deixaríamos para outro momento. Dez dias mais tarde respondi o mesmo, e de igual modo na seguinte semana. Desta vez, Vezzera me olhou fixamente nos olhos:

— Por que você não quer ir?

— Não é que não queira ir, senão que me encontro hoje com pouco humor para essas coisas.

— Não é isso! É que não quer mais ir!

— Eu?

— Sim, e exijo como a um amigo, ou como a você mesmo, que me diga justamente isto: por que não quer mais ir?

— Não tenho vontade! Gostou?

Vezzera me olhou como olham os tuberculosos, condenados ao repouso, a um homem forte que não se vangloria disso. E, na verdade, acho que já estava ficando tísico.

Observou, em seguida, as mãos suadas, que tremiam.

— Faz dias que as noto mais fracas... Sabe por que não quer ir mais? Quer que eu te diga?

Tinha as narinas contraídas, e sua respiração acelerada lhe fechava os lábios.

— Vamos! Não seja... se acalme que é o melhor.

— É que vou te dizer!

— Mas não vê que está delirando, que está morrendo de febre? — interrompi. Por sorte, um violento acesso de tosse o deteve. Empurrei-o carinhosamente.

— Deite-se um pouco... Está mal.

Vezzera se recostou em minha cama e cruzou as duas mãos sobre a testa.

Passou um longo momento em silêncio. De repente chegou a mim sua voz lenta:

— Sabe o que ia te dizer?... Que não queria que María se apaixonasse por você... Por isso não ia.

— Que estúpido! — sorri.

— Sim, estúpido! Tudo, tudo o que quiser!

Ficamos mudos outra vez. Ao fim me aproximei dele.

— Esta noite vamos. — disse — Quer?

— Sim, quero.

Quatro horas mais tarde chegávamos lá. María me saudou com toda naturalidade, como se tivesse deixado de me ver no dia anterior, sem parecer minimamente preocupada com minha longa ausência.

— Pelo menos pergunte-lhe — riu Vezzera com visível afetação — por que passou tanto tempo sem vir.

María enrugou imperceptivelmente o cenho, e se voltou para mim com risonha surpresa:

— Mas suponho que não tinha desejo de nos visitar!

Ainda que o tom da exclamação não pedisse resposta, María ficou um instante em suspenso, como se a esperasse. Vi que Vezzera me devorava com os olhos.

— Ainda que deva me envergonhar eternamente — respondi — confesso que há algo de verdade...

— Não é verdade? — ela riu.

Mas já no movimento dos pés e na dilatação das narinas de Vezzera, reconheci sua tensão de nervos.

— Peça que te diga — dirigiu-se a María — por que realmente não queria vir.

Era tão perverso e covarde o ataque, que o olhei com verdadeira raiva. Vezzera aparentou não se dar conta, e sustentou a tensa expectativa com o convulsivo golpear do pé, enquanto María tornava a contrair as sobrancelhas.

— Há outra coisa? — sorriu com esforço.

— Sim, Zapiola vai te dizer...

— Vezzera! — exclamei.

— ...Quer dizer, não o seu motivo, senão o que eu lhe atribuía para não vir mais aqui... Sabe por quê?

— Porque ele acha que você vai se apaixonar por mim — me adiantei, dirigindo-me a María.

Já antes de dizer isso, vi bem claro o ridículo em que ia cair; mas tive que fazê-lo. María soltou um riso, notando-se assim bem mais o cansaço de seus olhos.

— Sim? Pensava isso, Antenor?

— Não, você acreditará... Era uma brincadeira — riu ele também.

A mãe entrou de novo na sala, e a conversa mudou de rumo.

— É um canalha — me apressei a dizer a Vezzera, quando saímos.

— Sim — respondeu olhando-me claramente — Fiz de propósito.

— Queria me ridicularizar?

— Sim... Queria.

— E não te dá vergonha? Mas que diabos acontece com você? Que tem contra mim?

Não me respondeu, encolhendo os ombros.

— Vai para o inferno! — murmurei. Mas um momento depois, ao me distanciar, senti seu olhar cruel e desconfiado fixo em mim.

— Jura pelo que mais ama, pelo que mais ama, que não sabe o que penso?

— Não — lhe respondi secamente.

— Não minta, não está mentindo?

— Não minto.

E mentia profundamente.

— Bom, me alegro... Vamos deixar isso. Até manhã. Quando quer voltar lá?

— Nunca! Acabou.

Vi a verdadeira angústia que lhe dilatava os olhos.

— Não quer ir mais? — disse com voz rouca e alterada.

— Não, nunca mais.

— Como quiser, melhor... Não está irritado, verdade?

— Oh, não seja criança! — ri.

E estava verdadeiramente irritado com Vezzera e comigo...

No dia seguinte, Vezzera entrou ao anoitecer em meu quarto. Chovia desde manhã, com forte temporal, e a umidade e o frio me oprimiam.

Desde o primeiro momento notei que Vezzera ardia em febre.

— Venho te pedir uma coisa — começou.

— Deixe de coisas! — interrompi — Por que saiu com esta noite? Não vê que está brincando com sua vida assim?

— A vida não me importa... Dentro de uns meses isso se acaba... Melhor. O que quero é que vá outra vez lá.

— Não! Já te disse.

— Não, vamos! Não quero que não queira ir! Isso me mata! Por que não quer ir?

— Já te disse: não que-ro! Nem uma palavra mais sobre isso, ouviu?

A angústia da noite anterior tornou a descomedir seus olhos.

— Então — articulou com voz profundamente tomada — é o que penso, o que você sabe que eu pensava quando menti ontem à noite. De modo... Bom, vamos esquecer, não é nada. Até manhã.

Detive-o pelo ombro e deixou-se cair em seguida na cadeira, com a cabeça sobre seus braços na mesa.

— Fique — disse a ele — Vai dormir aqui comigo. Não fique sozinho.

Durante um momento ficamos em profundo silêncio. Ao fim articulou sem entonação alguma:

— É que me dá uma vontade louca de me matar...

— Por isso! Fique aqui!... Não fique sozinho.

Mas não pude contê-lo, e passei toda a noite inquieto.

Você sabe que terrível força de atração tem o suicídio, quando a ideia fixa se enreda numa meada de nervos doentes. Seria necessário a todo custo que Vezzera não estivesse sozinho no seu quarto. E mesmo assim, persistia sempre o motivo.

Aconteceu o que temia. Às sete da manhã me trouxeram uma carta de Vezzera, morto já há quatro horas. Dizia nela que era demasiado claro que eu estava apaixonado por sua noiva, e ela por mim. Que quanto à María, tinha a mais completa certeza e que eu não tinha feito senão lhe confirmar meu amor com minha negativa de ir vê-la. Que estivesse eu longe de achar que se matava de dor, absolutamente não. Mas ele não era homem capaz de sacrificar a ninguém por sua egoísta felicidade, e por isso nos deixava livre, a mim e a ela. Ademais, seus pulmões não podiam mais... Era questão de tempo. Que fizesse feliz a María, como ele tinha desejado... etecetera.

E duas ou mais três frases. Inútil que lhe conte em detalhe minha turvação desses dias. Mas o que realçava claro para mim em sua carta — para mim que o conhecia — era o desespero de ciúmes que o levou ao suicídio. Esse era o único motivo; os demais: sacrifício e consciência tranquila, não tinha nenhum valor.

No meio de tudo ficava vivíssima, radiante de brusca felicidade, a imagem de María. Eu sei o esforço que tive que fazer, quando era de Vezzera, para deixar da ir vê-la. E acreditei adivinhar, também que algo semelhante acontecia com ela. E agora, livres! Sim, sozinhos os dois, mas com um cadáver entre nós.

Após quinze dias fui à sua casa. Falamos vagamente, evitando a menor alusão. Mal me respondia; e ainda que se esforçasse nisso, não podia sustentar meu olhar um só momento.

— Então — disse-lhe finalmente me levantando — acho que o mais discreto é que eu não volte mais a vê-la.

— Creio o mesmo — respondeu.

Mas, não me movi.

— Nunca mais? — acrescentei.

— Não, nunca... Como você quiser. — rompeu em soluço, enquanto duas lágrimas vencidas rodavam por suas bochechas.

Ao me aproximar, levou as mãos à face, e nem bem sentiu meu contato estremeceu violentamente e rompeu em soluços. Me inclinei por trás dela e lhe abracei a cabeça.

— Sim, minha alma querida... Você quer? Poderemos ser muito felizes. Nada disso importa... Você quer?

— Não, não! — respondeu — Não poderíamos... Não, impossível!

— Depois, sim, meu amor!... Sim, depois?

— Não, não, não! — redobrou ainda seus soluços.

Então saí desesperado, e pensando com raivosa amargura que aquele imbecil, ao se matar, nos matou também a nós dois.

Aqui termina minha novela. Agora, quer vê-la?

— María! — dirigiu-se a uma jovem que passava de braços — É hora já: são três.

— Já? Três? — ela se voltou — Não acredito. Bom, vamos. Um momentinho.

Zapiola me disse então:

— Vê amigo meu, como se pode ser feliz, após tudo o que lhe contei. E seu caso... Espere um segundo.

E enquanto me apresentava à sua mulher:

— Contava a X como estivemos nós a ponto de não ser felizes.

A jovem sorriu para seu marido, e reconheci aqueles olhos sombrios de que ele tinha falado, e que como todos os desse caráter, ao rir lampejam felicidade.

— Sim, — respondeu singelamente — sofremos um pouco...

— Vê! — riu Zapiola despedindo-se — Eu, em seu lugar, voltaria ao salão.

Fiquei só. O pensamento em Elena voltou outra vez; mas no meio de meu desgosto me lembrava, a cada instante, da impressão que recebeu Zapiola ao ver pela primeira vez os olhos de María.

E eu não fazia senão recordá-los.

Cocaína, por
favor!

Um pouco
de cocaína

O INFERNO ARTIFICIAL

Nas noites em que há lua, o coveiro avança por entre as tumbas com passo singularmente rígido. Vai nu até a cintura e usa um grande chapéu de palha. Seu sorriso, fixo, dá a sensação de estar colado com cola na face. Se fosse descalço, se notaria que caminha com os polegares do pé dobrados para abaixo.

Não tem isso nada de estranho, porque o coveiro abusa do clorofórmio. Incidências do ofício o levaram a provar o anestésico, e quando o clorofórmio morde um homem, dificilmente solta. Nosso conhecido espera a noite para destapar seu frasco, e como sua sensatez é grande, escolhe o cemitério como inviolável teatro de suas bebedeiras.

O clorofórmio dilata o peito à primeira inspiração; à segunda inunda a boca de saliva; as extremidades formigam, à terça; à quarta, os lábios, simultaneamente com as ideias, se incham, e depois acontecem coisas singulares.

É assim, como a fantasia de seu passo, que o coveiro foi pausadamente levado até uma tumba aberta em que foram removidos os ossos — inconclusa por falta de tempo. Um ataúde ficou aberto atrás da grade, e a seu lado, sobre a areia, o esqueleto do homem que esteve aprisionado nele.

... Ouviu algo, de verdade? Nosso conhecido corre o ferrolho, entra, e depois de girar suspenso ao redor do homem de osso, se ajoelha e junta seus olhos às órbitas da caveira.

Ali, no fundo, um pouco mais acima da base do crânio, sustentado como em uma mureta na rugosidade do osso occipital, está encolhido um homenzinho tiritante, amarelo, o rosto cruzado de rugas. Tem a boca arroxeada, os olhos profundamente afundados, e o olhar enlouquecido de ânsia.

É tudo o que fica de um cocainômano.

— Cocaína! Por favor, um pouco de cocaína!

O coveiro, sereno, sabe bem que ele mesmo chegaria a dissolver com a saliva o vidro de seu frasco, para atingir o clorofórmio proibido. É, pois, seu dever ajudar ao homenzinho tiritante.

Sai e volta com a seringa cheia, que a caixa de primeiros socorros do cemitério lhe proporcionou. Mas como ajudar o homenzinho diminuto?...

— Pelas fissuras craneanas!... Pronto!

Certo! Como não lhe havia ocorrido isso? E o coveiro, de joelhos, injeta nas fissuras o conteúdo inteiro da seringa, que filtra e desaparece entre as fendas.

Mas, seguramente, algo chegou até a fissura onde o homenzinho se adere desesperadamente. Após oito anos de abstinência, que molécula de cocaína não acende um delírio de força, juventude, beleza?

O coveiro fixou seus olhos na órbita da caveira, e não reconheceu o homenzinho moribundo. Na cútis, firme e lisa, não tinha o menor rastro de rugas. Os lábios, vermelhos e vitais, se entremordiam com preguiçosa voluptuosidade que não teria explicação viril, se os hipnóticos não fossem quase todos femininos; e os olhos, sobretudo, antes vítreos e apagados, brilhavam agora com tal paixão que o coveiro teve um impulso de invejosa surpresa.

— É assim... a cocaína? — murmurou.

A voz de dentro soou com inefável encanto.

— Ah! Precisa é saber o que são oito anos de agonia! Oito anos, desesperado, gelado, preso à eternidade pela única esperança de uma gota!... Sim, é pela cocaína... E você? Eu conheço esse cheiro... Clorofórmio?

— Sim — respondeu o coveiro envergonhado da mesquinhez de seu paraíso artificial. E agregou baixinho: — O clorofórmio também... Me mataria antes de deixá-lo.

A voz soou um pouco zombadora.

— Se matar! E acabaria certamente: seria como qualquer desses meus vizinhos... Apodreceria em três horas, você e seus desejos.

— É verdade — pensou o coveiro — acabariam comigo. Mas o outro não havia se rendido. Ardia ainda, após oito anos, aquela paixão que tinha resistido à mesma falta do copo de deleite; que ultrapassava a morte capital do organismo que a criou, a sustentou, e não foi capaz de aniquilá-la consigo; que sobrevivia monstruosamente de si mesma, transmutando a ânsia causal em supremo prazer final, se mantendo ante a eternidade em uma rugosidade do velho crâneo.

A voz cálida e arrastada de voluptuosidade soava ainda zombadora.

— Você se mataria... Linda coisa! Eu também me matei... Ah, lhe interessa, verdade? Mas somos de massa diferente... No entanto, traga seu clorofórmio, respire um pouco mais e me ouça. Apreciará então o que diferencia sua droga da cocaína. Vá.

O coveiro voltou, e se jogando de peito no chão, apoiado nos cotovelos e o frasco embaixo do nariz, esperou.

— Seu cloro! Não é muito, digamos. E ainda morfina... Você conhece o amor pelos perfumes? Não? E o Jicky, de Guerlain? Ouça, então. Aos trinta anos me casei e tive três filhos. Com fortuna, uma mulher adorável e três crianças saudáveis, era perfeitamente feliz.

No entanto, nossa casa era muito grande para nós. Você viu. Você não... Enfim... viu que as salas luxuosamente montadas parecem mais solitárias e inúteis. Sobretudo solitárias. Todo nosso palácio vivia assim, em seu silêncio estéril e fúnebre luxo.

Um dia, em menos de dezoito horas, nosso filho mais velho nos deixou, vítima da difteria. Na tarde seguinte, o segundo se foi com seu irmão, e minha mulher se lançou desesperada sobre o único que nos restava: nossa filha de quatro meses. Que nos importava a difteria, o contágio e tudo mais? Apesar da ordem do médico, a mãe deu de mamar à criança, e logo a pequena se retorcia convulsa, para morrer oito horas depois, envenenada pelo leite da mãe.

Some você: 18, 24, 9. Em 51 horas, pouco mais de dois dias, nossa casa ficou perfeitamente silenciosa, pois não tinha nada que fazer. Minha mulher estava em seu quarto, e eu perambulava ao lado. Fora isso nada, nem um ruído. E dois dias antes tínhamos três filhos...

Bom. Minha mulher passou quatro dias arranhando o lençol, com um ataque cerebral, e eu recorri à morfina.

— Deixe isso — me disse o médico — não é para você.

— O quê, então? — respondi. E mostrei o fúnebre luxo de minha casa que continuava acendendo lentamente catástrofes, como rubis.

O homem se compadeceu.

— Prove sulfonal, qualquer coisa... Mas seus nervos não aguentarão.

Sulfonal, briônia, estramônio... bah! Ah, a cocaína! Quanto de infinito entre a felicidade esparramada em cinzas ao pé de cada cama vazia ao radiante resgate dessa mesma felicidade queimada cabe em uma única gota de cocaína! Assombro de ter sofrido uma dor imensa, momentos antes; súbita e franca confiança na vida, agora; instantâneo renascer de ilusões que acercam o porvir a dez centímetros da alma aberta, tudo isso se precipita nas veias por entre a agulha de platina. E seu clorofórmio!... Minha mulher morreu. Durante dois anos gastei em cocaína muitíssimo mais do que você pode ter imaginado. Você sabe algo de tolerâncias? Cinco centigramas de morfina acabam fatalmente com um indivíduo robusto. Quincey chegou a tomar, durante quinze anos, dois gramas por dia; vale dizer, quarenta vezes mais que a dose mortal.

Mas isso tem preço. Em mim, a verdade das coisas lúgubres, contida, inebriada dia após dia, começou a se vingar, e já não tive mais nervos retorcidos para enfrentar as horríveis alucinações que me assediavam. Fiz então esforços inauditos para expulsar esse demônio, sem resultado. Por três vezes resisti um mês à cocaína, um mês inteiro. E caía outra vez. E você não sabe, mas saberá um dia, que sofrimento, que angústia, que suor de agonia se sente quando se pretende suprimir um único dia a droga!

Finalmente, envenenado até o mais íntimo de meu ser, cheio de torturas e fantasmas, convertido em um trêmulo despojo humano; sem sangue, sem vida — radiante disfarce de miséria que a cocaína emprestava dez vezes por dia, para me afundar em seguida em um estupor cada vez mais fundo, por fim um resto de dignidade me levou a um sanatório, me entreguei atado de pés e mãos para a cura.

Ali, sob o império de uma vontade alheia, vigiado constantemente para que o veneno não pudesse me tentar, chegaria forçadamente a me livrar do vício.

Sabe o que aconteceu? Eu, conjuntamente com o heroísmo para me entregar à tortura, levava bem escondido no bolso um frasquinho com cocaína... Agora calcule você o que é paixão.

Durante um ano inteiro, após esse fracasso, prossegui me injetando. Uma longa viagem empreendida me deu não sei que misteriosas forças de reação, e me apaixonei então.

A voz calou. O coveiro, que escutava com o sorriso babão fixo sempre em sua face, acercou seu olho e pensou notar um véu ligeiramente opaco e vítreo nos de seu interlocutor. A cútis, por sua vez, se rachava visivelmente.

— Sim — prosseguiu a voz — é o princípio... Concluirei de uma vez. A você, um colega, lhe devo toda esta história.

Os pais dela fizeram quanto foi possível para resistir: um morfinômano, ou coisa assim! Para a fatalidade minha, dela, de todos, tinha posto em meu caminho uma perturbada. Oh, admiravelmente bela! Não tinha senão dezoito anos. O luxo era para ela o que é o cristal talhado para uma essência: sua embalagem natural.

A primeira vez que, tendo eu esquecido de me dar uma nova injeção antes de entrar, me viu decair bruscamente em sua presença, me idiotizar, me enrrugar, fixou em mim seus olhos imensamente grandes, belos e espantados. Curiosamente espantados! Viu, pálida e sem se mover, eu me injetar. Não parou de me olhar um instante no resto da noite. Por trás daqueles olhos dilatados que tinham me visto assim, eu via a tara neurótica, o tio internado, e seu irmão menor epiléptico...

No dia seguinte, encontrei-a respirando Jicky, seu perfume favorito; tinha lido em vinte e quatro horas tudo quanto é possível sobre hipnóticos.

Agora basta que duas pessoas sorvam os deleites da vida de um modo anormal para que se compreendam mais intimamente, quanto mais se envolverem mais estranha é a obtenção do prazer. Unir-se-ão em seguida, excluindo toda e qualquer outra paixão, para se isolar na felicidade alucinada de um paraíso artificial.

Em vinte dias, aquele encanto de corpo, beleza, juventude e elegância, ficaram suspensos no fôlego embriagador dos perfumes. Começou a viver, como eu com a cocaína, no céu delirante de seu Jicky.

Por fim, nos pareceu perigoso o mútuo sonambulismo em sua casa, por fugaz que fosse, e decidimos criar nosso paraíso. Nenhum melhor que minha própria casa, da qual nada tinha tocado, e para a qual não tinha voltado mais. Levaram largos e baixos divãs à sala; e ali, no mesmo silêncio e na mesma suntuosidade fúnebre que tinha incubado a morte de meus filhos; na profunda quietude da sala, com lustre aceso à uma da tarde; sob a atmosfera pesada de perfumes, vivemos horas e horas nosso fraternal e taciturno idílio, eu estendido imóvel com os olhos abertos, pálido como a morte; ela jogada sobre o divã, mantendo sob o nariz, com sua mão gelada, o frasco de Jicky.

Porque não tinha em nós o menor rastro de desejo, e quão formosa estava com suas profundas olheiras, seu penteado descomposto e o ardente luxo de sua saia imaculada!

Durante três meses consecutivos raras vezes faltou, sem chegar eu jamais a compreender que combinações de visitas, casamentos e *garden party* necessitou fazer para não ser suspeita. Naquelas raras ocasiões chegava ao dia seguinte ansiosa, entrava sem me olhar, atirava seu chapéu com um gesto brusco, para se estender, em seguida, a cabeça jogada para trás e os olhos semicerrados, ao sonambulismo de seu Jicky.

Abrevio: uma tarde, e por uma dessas reações inexplicáveis com que os organismos envenenados lançam em explosão suas reservas de defesa — os morfinômanos as conhecem bem! —, senti todo o profundo prazer que havia, não em minha cocaína, senão naquele corpo de dezoito anos, admiravelmente feito para ser desejado. Essa tarde, como nunca, sua beleza surgia pálida e sensual, na suntuosa quietude da sala iluminada. Tão brusco foi o abalo, que me encontrei sentado no divã, olhando-a. Dezoito anos... e com essa beleza!

Ela me viu chegar sem fazer um movimento, e ao me inclinar me olhou com fria estranheza.

— Sim... — murmurei.

— Não, não... — respondeu ela, com a voz branca, esquivando a boca em pesados movimentos de sua cabeleira.

Finalmente jogou a cabeça para trás e cedeu fechando os olhos.

Ah! Para que ter ressuscitado um instante, se minha potência viril, se meu orgulho de varão não revivia mais! Estava morto para sempre, afogado, diluído no mar de cocaína! Caí a seu lado, sentado no chão, e afundei a cabeça entre suas saias, permanecendo assim uma hora inteira em profundo silêncio, enquanto ela, muito pálida, se mantinha também imóvel, os olhos abertos fixos no teto.

Mas esse açoite de reação que tinha acendido um efêmero relâmpago de ruína sensorial trazia também a flor de consciência do quanto de honra masculina e vergonha viril agonizavam em mim. O fracasso de um dia no sanatório, e o diário ante minha própria dignidade, não eram nada em comparação com o desse momento, você compreende? Para que viver, se o inferno artificial em que eu tinha me precipitado e do qual não podia sair era incapaz de me absorver por completo! E tinha me soltado um instante, para afundar nesse final!

Me levantei e fui para dentro, aos cômodos bem conhecidos, onde ainda estava meu revólver. Quando voltei, ela tinha as pálpebras fechadas.

— Vamos nos matar — lhe disse.

Entreabriu os olhos, e durante um minuto não afastou o olhar de mim. Sua testa límpida voltou a ter o mesmo movimento de cansado êxtase:

— Vamos nos matar — murmurou.

Percorreu em seguida com a vista, o fúnebre luxo da sala, no qual o lustre ardia com alta luz, e contraiu ligeiramente o cenho.

— Aqui não — completou.

Saímos juntos, pesados ainda de alucinação, e atravessamos a casa ressonante, cômodo após cômodo. Ao fim ela se apoiou contra uma porta e fechou os olhos. Caiu ao longo da parede. Voltei a arma contra mim mesmo, e me matei.

Então, quando da explosão minha mandíbula se descolou bruscamente, e senti um imenso formigamento na cabeça; quando o coração teve dois ou três sobressaltos, e se deteve paralisado; quando em meu cérebro e em meus nervos e em meu sangue não teve a mais remota probabilidade de que a vida voltasse a eles, senti que minha dívida com a cocaína estava cumprida. Havia me matado, mas eu a tinha matado!

E me equivoquei! Porque um instante depois pude ver entrando vacilantes e de mãos dadas pela porta da sala, nossos corpos mortos, que voltavam obstinados...

A voz se rompeu inesperadamente...

— Cocaína, por favor! Um pouco de cocaína!

Uivos! Uivos!

Toda a noite
Não tenho ouvido

Mais que
Uivos!

O CÃO RAIVOSO

Em 20 de março deste ano, os vizinhos de um povoado do Chaco de Santa Fé perseguiram um homem raivoso que, após descarregar sua escopeta contra sua mulher, matou com um tiro um peão que passava por ele. Os vizinhos, armados, o rastrearam pelo monte como a uma fera, achando-o por fim em cima de uma árvore, com sua escopeta ainda, e uivando de um modo horrível. Viram a necessidade de matá-lo com um tiro.

9 de março
Hoje faz trinta e nove dias, hora por hora, que o cão raivoso entrou à noite em nosso quarto. Se uma lembrança tem de perdurar em minha memória, é a das duas horas que se seguiram àquele momento.

A casa não tinha portas senão no quarto que habitava minha mãe, pois como desde o princípio tinha medo, não fiz outra coisa, nos primeiros dias de nossa urgente instalação, que serrar tábuas para as portas e janelas de seu quarto. No nosso, e à espera de maior desafogo de trabalho, minha mulher tinha se contentado — verdade que sob um pouco de pressão de minha parte — com magníficas portas de serapilheira. Como estávamos no verão, esse detalhe de rigoroso ornamento não prejudicava nossa saúde nem nosso medo. Por uma destas serapilheiras, a que dá ao corredor central, foi por onde entrou e me mordeu o cão raivoso.

Eu não sei se a gritaria de um epiléptico dá aos demais a sensação de clamor bestial e fora de toda humanidade que produz em mim. Mas estou seguro de que o uivo de um cão raivoso, que se obstina de noite ao redor de nossa casa, provocará em todos a mesma angústia fúnebre. É um grito curto, estrangulado, de agonia, como se o animal abrisse a boca já com dificuldade, e todo empapado do lúgubre que sugere um animal raivoso.

Era um cão negro, grande, com as orelhas cortadas. E para maior contrariedade, desde que chegamos não tinha feito mais que chover. O monte fechado pela água, as tardes rápidas e tristíssimas; mal saíamos de casa, enquanto a desolação do campo, em um temporal sem trégua, tinha ensombrecido excessivamente o espírito de minha mãe.

E com isso, os cães raivosos. Uma manhã o peão nos disse que por sua casa tinha andado um na noite anterior, e que tinha mordido o seu cão. Duas noites antes, um cão tigrado tinha uivado feio no monte. Havia muitos, segundo ele. Minha mulher e eu não demos maior importância ao assunto, mas não minha mãe, que começou a achar terrivelmente desamparada em nossa casa por fazer. A cada instante saía ao corredor para olhar o caminho.

No entanto, quando nosso garoto voltou essa manhã do povoado, confirmou esse cenário. Tinha explodido uma fulminante epidemia de raiva. Uma hora antes acabavam de perseguir um cão no povoado. Um peão tinha tido tempo de desferir-lhe um golpe de facão na orelha, e o animal, em trote, o focinho na terra e o rabo entre as patas dianteiras, tinha atravessado por nosso caminho, mordendo um potro e um porco que achou no trajeto.

Mais notícias ainda. Na chácara vizinha à nossa, e nessa mesma madrugada, outro cão tinha tentado inutilmente saltar para o curral das vacas. Um imenso cão magro tinha corrido atrás de um rapaz a cavalo, pela trilha do porto velho. Ainda de tarde se ouvia monte adentro o uivo agônico do cão. Como dado final, às nove chegaram a galope dois agentes para nos dar a filiação dos cães raivosos vistos, e nos recomendar muito cuidado.

Tinha motivos de sobra para que minha mãe perdesse o resto de coragem que lhe restava. Ainda que de uma serenidade à toda prova, tem terror dos cães raivosos, por causa de certa coisa horrível que presenciou em sua infância. Seus nervos, já doentes pelo céu constantemente nublado e chuvoso, provocaram-lhe verdadeiras alucinações de cães que entravam ao trote pela porteira.

Tinha um motivo real para este temor. Aqui, como em todos os lugares onde os pobres têm muito mais cães do que podem manter, as casas são todas as noites cercadas por cães famintos, a quem os perigos do ofício — um tiro ou uma má pedrada — têm criado verdadeiras feras. Avançam aos poucos, agachados, os músculos frouxos. Não se ouve jamais sua marcha. Roubam — se palavra faz sentido aqui — quanto lhes exige sua atroz fome. Ao menor rumor, não fogem porque isso faria barulho, mas se afastam devagar, dobrando as patas. Ao chegar ao pasto se agacham e esperam assim, tranquilamente, meia ou uma hora, para avançar de novo.

Aqui está a ansiedade de minha mãe, pois sendo nossa casa uma das tantas cercadas, estávamos, claro, ameaçados pela visita dos cães raivosos, que recordariam o caminho noturno.

De fato, nessa mesma tarde, enquanto minha mãe, um pouco esquecida, ia caminhando devagar para a porteira, ouvi seu grito:

— Federico! Um cão raivoso!

Um cão tigrado, com o lombo arqueado, avançava a trote em cega linha reta. Ao me ver chegar se deteve, arrepiando o lombo. Retrocedi sem voltar o corpo para pegar a escopeta, mas o animal se foi. Percorri inutilmente o caminho, sem voltar a achá-lo.

Passaram dois dias. O campo continuava desolado de chuva e tristeza, enquanto o número de cães raivosos aumentava. Como não se podia expor os garotos a um terrível tropeço nos caminhos infestados, a escola fechou, e a estrada, já sem tráfico, privada dessa maneira da bagunça escolar que animava sua solidão às sete e às doze, adquiriu lúgubre silêncio.

Minha mãe não se atrevia a dar um passo fora do quintal. Ao menor latido olhava sobressaltada para a porteira, e mal anoitecia, via avançar por entre o pasto olhos fosforescentes. Terminado o jantar se encerrava em seu quarto, o ouvido atento ao mais hipotético uivo.

Até que na terceira noite acordei, muito tarde já: tinha a impressão de ter ouvido um grito, mas não podia precisar a sensação. Esperei um momento. E de repente um uivo curto, metálico, de atroz sofrimento, tremeu sob o corredor.

— Federico! — ouvi a voz intensa de emoção de minha mãe — Ouviu?

— Sim — respondi, deslizando da cama. Mas ela ouviu o ruído.

— Por Deus, é um cão raivoso! Federico, não saia, por Deus! Juana! Diga para teu marido que não saia! — clamou desesperada, dirigindo-se à minha mulher.

Outro uivo explodiu, desta vez no corredor central, diante da porta. Uma finíssima chuva de calafrios me banhou a medula até a cintura. Não acho que tenha nada mais profundamente funesto que um uivo de cão raivoso a essa hora. Subia depois dele a voz desesperada de minha mãe.

— Federico! Vai entrar em teu quarto! Não saia, meu Deus, não saia! Juana! Diga a teu marido!...

— Federico! — minha mulher apanhou o meu braço.

Mas a situação podia tornar-se muito crítica se esperasse que o animal entrasse, e acendendo a lamparina, peguei a escopeta. Levantei de lado a serapilheira da porta, e não vi mais que o negro triângulo da profunda treva de fora. Mal tive tempo de avançar uma perna, quando senti que algo firme e morno me roçava a coxa: o cão raivoso entrava em nosso quarto. Desferi violentamente atrás da cabeça um golpe de joelho, e subitamente me lançou uma mordida, que falhou, em um claro golpe de dentes. Mas um instante depois senti uma dor aguda.

Nem minha mulher nem minha mãe se deram conta de que ele me havia mordido.

— Federico! Que foi isso? — gritou minha mãe que tinha ouvido minha parada e a dentada no ar.

— Nada: queria entrar.

— Oh!...

De novo, e desta vez por trás do quarto de minha mãe, o fatídico uivo explodiu.

— Federico! Está raivoso! Está raivoso! Não saia! — clamou enlouquecida, sentindo o animal atrás da parede de madeira, a um metro dela.

Há coisas absurdas que têm toda a aparência de um legítimo raciocínio: saí com a lamparina em uma mão e a escopeta na outra, exatamente como para buscar uma ratazana aterrorizada, que me daria perfeita folga para colocar a luz no chão e matá-la na extremidade de uma forquilha.

Percorri os corredores. Não se ouvia um rumor, mas de dentro dos cômodos me seguia a tremenda angústia de minha mãe e minha mulher que esperavam o estampido.

O cão tinha ido embora.

— Federico! — exclamou minha mãe ao ouvir-me voltar por fim. — O cão se foi?

— Acho que sim: não o vejo. Creio ter ouvido um trote quando saí.

— Sim, eu também ouvi... Federico. Não estará em teu quarto?... Não tem porta, meu Deus! Fique aqui dentro! Pode voltar!

Na verdade, podia voltar. Eram duas e vinte da manhã. E juro que foram fortes as duas horas que passamos minha mulher e eu, com a luz acesa até que amanheceu, ela deitada, eu sentado na cama, vigiando sem cessar a serapilheira flutuante.

Antes havia me tratado. A mordida era nítida, dois buracos violeta, que oprimi com todas minhas forças, e lavei com permanganato.

Eu acreditava com muita restrição na raiva do animal. Desde o dia anterior tinham começado a envenenar cães, e algo na atitude cansada do nosso me prevenia em prol do uso da estricnina. Ficavam o fúnebre uivo e a mordida; mas de qualquer maneira, me inclinava pelo primeiro. Daqui, seguramente, está meu relativo descuido com a ferida.

Chegou, por fim, o dia. Às oito, e a quatro quadras de casa, um transeunte matou com um tiro de revólver ao cão negro que trotava em inequívoco estado de raiva. Em seguida soubemos, tendo de minha parte que travar uma verdadeira batalha contra minha mãe e minha mulher para não ir a Buenos Aires para tomar injeções. A ferida, franca, tinha sido bem apertada, e lavada com abundante solução de permanganato. Tudo isso após cinco minutos da mordida. Que demônios podia temer depois dessa correção higiênica? Em casa acabaram por tranquilizar-se e, como a epidemia — provocada seguramente por uma crise de chuva sem trégua como jamais se viu aqui — tinha cessado quase inesperadamente, a vida recobrou sua linha habitual.

Mas, não por isso minha mãe e minha mulher deixaram nem deixam de levar uma conta exata do tempo. Os clássicos quarenta dias pesam fortemente, sobretudo em minha mãe, e ainda hoje, com trinta e nove decorridos sem o mais leve transtorno, ela espera o dia de amanhã para tirar seu espírito, em um imenso suspiro, o terror sempre vivo que guarda daquela noite.

O único incômodo que para mim há tido nisso é recordar, ponto por ponto, o que aconteceu. Confio que amanhã à noite acabe com a quarentena essa história, que mantém fixos em mim os olhos de minha mulher e de minha mãe, como se buscassem em minha expressão o primeiro indício da doença.

* * *

10 de março
Finalmente! Espero que de aqui em diante possa viver como um homem qualquer, que não tem suspensa sobre sua cabeça coroas de morte. Já se passaram os famosos

quarenta dias, e a ansiedade, a mania de perseguição e os horríveis gritos que esperavam de mim, passaram também para sempre.

Minha mulher e minha mãe têm festejado o fausto acontecimento de um modo particular: me contando, ponto por ponto, todos os terrores que sofreram sem me fazer ver. O mais insignificante desânimo meu as consumia em mortal angústia:

— É a raiva que começa! — gemiam.

Se em alguma manhã me levantei tarde, durante horas não viveram, esperando outro sintoma. A fastidiosa infecção em um dedo que me deixou três dias febril e impaciente foi para elas uma absoluta prova da raiva que começava, origem de sua consternação, mais angustiosa por ser furtiva.

E assim, a menor mudança de humor, o mais leve abatimento, provocaram durante quarenta dias, outras tantas horas de inquietude.

Apesar dessas confissões retrospectivas, sempre desagradáveis para quem viveu enganado, ainda que com a mais arcangélica boa vontade, com tudo, ri bastante.

— Ah, meu filho! Não pode imaginar o horrível que é para uma mãe o pensamento de que seu filho possa estar com a raiva! Qualquer outra coisa... Mas raivoso, raivoso!...

Minha mulher, ainda que mais sensata, divagou também bastante, mais do que confessa. Mas já acabou, por sorte! Esta situação de mártir, de bebê vigiado segundo a segundo contra tal disparatada ameaça de morte, não é sedutora, apesar de tudo. Por fim, de novo! Viveremos em paz, e oxalá que amanhã ou depois de amanhã não amanheça com dor de cabeça, para ressurreição das loucuras.

15 de março
Tivesse querido estar absolutamente tranquilo, mas é impossível. Já não há mais, creio, possibilidade de que isso termine. Olhares de soslaio todo o dia, cochichos incessantes, que terminam inesperadamente assim que ouvem meus passos, uma crispante espionagem de minha expressão quando estamos à mesa, tudo isso vai se tornando intolerável.

— Mas o que têm, faz favor! — acabo de dizer-lhes. — Acham algo de anormal em mim, não estou exatamente como sempre? Já é um pouco cansativa esta história do cão raivoso!

— Mas, Federico! — responderam, me olhando com surpresa — Não te dissemos nada, nem nos lembramos disso!

E não fazem, no entanto, outra coisa, outra que me espiar noite e dia, dia e noite, para ver se a estúpida raiva de seu cão se infiltrou em mim!

18 de março
Faz três dias que vivo como deveria e desejaria fazer toda a vida. Me deixaram em paz, finalmente, finalmente, finalmente!

19 de março
Outra vez! Outra vez começaram! Já não me tiram os olhos de cima, como se sucedesse o que parecem desejar: que esteja com raiva. Como é possível tanta estupidez em duas pessoas sensatas! Agora não dissimulam mais, e falam precipitadamente em voz alta de mim; mas, não sei porquê, não posso entender uma palavra. Assim que chego param inesperadamente, e mal me afasto um passo

recomeça o vertiginoso fuxico. Não pude me conter e fiquei com raiva: — Mas falem, falem diante de mim, que é menos covarde!

Não queria ouvir o que diziam de mim e fui embora. Já não é vida a que levo!

8 p.m
Querem ir! Querem que nos vamos!
Ah, eu sei por que querem me deixar!...

20 de março
6 a.m
Uivos, uivos! Toda a noite não tenho ouvido mais que uivos! Passo toda a noite acordando a cada momento! Cães, nada mais que cães havia ontem à noite ao redor da casa! E minha mulher e minha mãe fingido o mais perfeito sonho, para que só eu absorvesse pelos olhos os uivos de todos os cães que me olhavam!...

7 a.m
Não há mais que víboras! Minha casa está cheia de víboras! Ao me lavar tinha três enroscadas na bacia! No forro do casaco tinha muitas! E há mais! Há outras coisas! Minha mulher encheu a casa de víboras! Tem trazido enormes aranhas peludas que me perseguem! Agora compreendo porquê me espiava dia e noite! Agora compreendo tudo! Queria ir por causa disso!

7.15 a.m
O quintal está cheio de víboras! Não posso dar um passo! Não, não!...
Socorro!...

Minha mulher vai embora correndo! Minha mãe vai embora! Me assassinaram!... Ah, a escopeta!... Maldição! Está carregada com munição! Mas não importa...

Que grito deu! Errei... Outra vez as víboras! Ali, ali há uma enorme!... Ai! Socorro, socorro!!

Todos querem me matar! Mandaram contra mim, todas! O monte está cheio de aranhas! Me seguiram desde casa!...

Aí vem outro assassino... As traz na mão! Vem jogando víboras no chão! Vem tirando víboras da boca e as joga no chão contra mim! Ah! Mas esse não viverá muito... Peguei! Morreu com todas as víboras!... As aranhas! Ai! Socorro!!

Aí vêm, vêm todos!... Me buscam, me buscam!... Lançaram contra mim um milhão de víboras! Todos as lançam ao chão! E eu não tenho mais cartuchos!... Me viram!... Um está apontando para mim....

Referências

ALVES-BEZERRA, W. *Reverberações da fronteira em Horacio Quiroga*. São Paulo: Humanitas, 2008.

BOULE-CHRISTAUFLOUR, A. *Horacio Quiroga cuenta su propia vida (apuntes para una biografía)*. Bulletin Hispanique, 1975.

CELADA, M. T. *O espanhol para o brasileiro. Uma língua singularmente estrangeira*. Tese de doutorado. Campinas: UNICAMP, 2002.

COLODEL, J. A. *Cinco séculos de história*. Universidade Estadual do Oeste do Paraná — UNIOESTE.

_____ *Obrages & Companhias Colonizadoras: Santa Helena na história do oeste paranaense até 1960*. PRP: Assoeste, Ed. Educativa, 1988.

CORBELLINI, H. *La vida brava: los amores de Horacio Quiroga*. Montevideo: Sudamericana, 2007.

CRESTANI, L. de A.; CRESTANI, T. *História e Literatura: uma nova perspectiva de fonte histórica*.

CUNHA, A. G. da. *Dicionário Etimológico da língua portuguesa*. 4ª ed. Rio de Janeiro: Lexikon, 2010.

DICCIONARIO PANHISPÁNICO DE DUDAS. Real Academia Espanhola. Asociación de Academias de la Lengua Española. Madrid: Santillana, 2005.

DICCIONARIO DEL USO DEL ESPAÑOL MARIA MOLINER. 3ª ed. Madrid: GREDOS, 2007. 2vols.

DICIONÁRIO DA LÍNGUA PORTUGUESA CALDAS AULETE. iDicionário Aulete. Versão digital.

DICCIONARIO DE LA REAL ACADEMIA ESPANHOLA — RAE. Versão digital.

LOPES, C. G. (org.) *Literaturas americanas.* Porto Alegre: EDIPUCRS, 2012.

MULLER-BERGH, K.; TELES, G. M. *Vanguardia Latinoamericana. Historia, crítica y documentos.* Tomo V Chile y países del Plata: Argentina, Uruguay, Paraguay. Madrid: Iberoamericana, 2009.

NEVES, E. Z. V. *Los desterrados: Reflexo da temática da selva e da morte na obra de Horacio Quiroga.* Universidade Federal da Paraíba.

PERIS, A. F. (org.). *Estratégias de desenvolvimento regional: Região Oeste do Paraná* Cascavel: Cascavel, 2003. 536 p. Vários Autores.

QUIROGA, H. *Cuentos de amor de locura y de muerte.* Edición, prólogo y notas LÓPES, C. ALVAREZ BUENO, J.A. Madrid: editorial EDAF, 2011.

SEÑAS: diccionario para la enseñanza de la lengua española para brasileños/ Universidad de Acalá de Henares. Departamento de Filologia. Tradução Eduardo Brandão, Claudia Belinder. 3ª ed. São Paulo: Editora WMF Martins Fontes, 2010.

ZAAR, M. H. *A migração rural no oeste paranaense/ Brasil: A trajetória dos "brasiguaios"* — Revista Eletrónica de Geografía y Ciencia Sociales de la Universidad de Barcelona — ISSN 1138-9788 — nº 94 — agosto/2001.

ZECCA-ORTIZ, A. M. *La obsesión de Quiroga con el tema de la muerte, el miedo y el amor en "El hijo".*

WACHOWCZ, R. C. *Obrageros, mensus e colonos: história do oeste paranaense.* Curitiba: Vicentina, 1982.

Sobre a tradutora

Renata Moreno é graduada em Direito pela Universidade Padre Anchieta de Jundiaí e especialista em Direito Civil e Direito do Consumidor pela Escola Superior de Advocacia; exerceu a profissão por mais de 12 anos. Cidadã espanhola naturalizada, concluiu seus estudos de espanhol no Instituto Cervantes e especializou-se em Tradução de Espanhol pela Universidade Gama Filho, no Rio de Janeiro. Atuou na área editorial jurídica e traduziu vários textos técnicos jurídicos e sobre direitos dos animais para a ANDA (Agência Nacional de Direito Animal). Hoje, além de tradutora e professora de espanhol, assina o blog *Vertendo Palavras*, dedicado à tradução, literatura, linguística e comunicação.

© Martin Claret, 2014.
Título original: *Cuentos de amor de locura y de muerte*.

Direção
Martin Claret

Produção editorial
Carolina Marani Lima
Mayara Zucheli
Giovana Quadrotti

Capa e ilustrações de miolo
Pedro Boaron

Preparação
Imira Regazzini

Revisão
Flávia Silva
Lincoln Martins

Impressão
Geográfica Editora

Dados Internacionais de Catalogação na Publicação (CIP)
(Câmara Brasileira do Livro, SP, Brasil)

Quiroga, Horacio, 1878-1937.
  Contos de amor de loucura e de morte / Horacio Quiroga; tradução, introdução e notas: Renata Moreno. 2. ed. São Paulo: Martin Claret, 2023.

Título original: *Cuentos de amor, locura y de muerte*
ISBN 978-65-5910-246-4

1. Contos uruguaios I. Boaron, Pedro II. Título

23-145356 CDD-ur863

Índices para catálogo sistemático:

1. Contos: Literatura uruguaia ur863
Aline Graziele Benitez Bibliotecária CRB-1/3129

EDITORA MARTIN CLARET LTDA.
Rua Alegrete, 62 CEP: 01254-010 São Paulo, SP
Tel.: (11) 3672-8144
Impresso 2023

Continue com a gente!

- Editora Martin Claret
- editoramartinclaret
- @EdMartinClaret
- www.martinclaret.com.br